U0142901

論文寫作新手的十八道功夫

陳麗如　著

五南圖書出版公司 印行

序 自主學習素養

　　長久以來的教育模式多由教師規劃教學內容，不是學生決定教師教他什麼。《十二年國民基本教育課程綱要》（簡稱國教課綱，在2019年開始執行的另簡稱108課綱）規劃自主學習課程，成為有史以來學生第一次可以自己主導的學習模式。自主學習為當今教育期待學生養成的重要能力，它的成敗與否關係著國教課綱的成效高低，而論文寫作為學生在這課程中的重要代表作。

　　對於高中生的論文寫作功課，不少學生以應付「作業」之心態交差了事，這樣的模式已扼殺了自主學習的主要教育目標，可惜了108課綱的教育規劃；高等教育中各科系常以「專題研究」引導高年級學生著手探究專業學問，要如何「做」學問，常使初識學問探究的新手捉摸不著要領；對於進入碩士班學習的「初級學者」，完成一個有品質的論文更是相當的挑戰。如果有一個指引提供檢視，將能使學問做得更為踏實有理，達到真正自主學習的學習素養。

　　筆者在研究所教研究方法及帶大學生專題研究課程已十數載，每每講課時學生們拼命點頭，得意著自己唱作俱佳實在是位優良的教書匠，待看到交出來的文案卻讓我懷疑是否重點都漏教？近年我改變教導方法，條列寫出各寫作任務的重點，帶領學生一一實作及檢核所撰寫的品質，依此與學生溝通他們的寫作問題，結果得到很好的成效。於是筆者將平時教導論文寫作的作業及檢核單整理成這本小書冊，在此與指導論文的教師及做學問的學生分享。

　　本書以淺顯易懂的脈絡，運用數十個檢核表以及作業引導新手架構研究任務，鋪陳論文寫作，相信學生們能因為咀嚼了其中的技巧後

一步一步做出自己的學問，期待在論文寫作中奮鬥的師生在其中均可事半功倍地享受做學問的成就感。

感謝助理呂沛璉、沈佳蓉的文書協助，以及學生李國英的校稿，感謝外子瑞堉、好友婉玲及子女的精神支持。特別感謝臺灣策略教育協會馬宛儀副祕書長，她在本書的實作作業上提供許多發想、設計與修正。另外，五南圖書出版公司黃文瓊副總編輯願意接受後學出書的構想並不斷鼓勵與支持，以及李敏華編輯的專業細緻工作，實為成就本書的最大力量，甚為感激。

長庚大學

陳麗如

2023 年春

　　教育不只是教學生讀知識，且必須涵育學生個人的學習能量，以發展其生活潛力。國教課綱以各種形式培養學生學習素養，論文寫作為其中重要的訓練管道。本書從六個向度，以十八道功夫呈現論文寫作的必要能力。每道功夫需要學生動腦思索，虛心學習，方能擁有屬於自己的論文寫作功夫。對於想要將此功夫練好的學習者，本書每道功夫均帶領學習者做關鍵知能的檢核，透過本書進行一場做學問思路的探索與認識，將有機會因而產生做學問的感覺與興趣。本書每道功夫含二個部分，就請寫作新手來練功了（見下頁圖）：

1. 功夫祕笈：主要提出論文各部分的重要架構與內涵，以重要概念指出論文寫作技巧。其中點出論文架構的重要元素，一一帶領讀者認識論文寫作的重點，成長清楚具體的論文寫作知能。

2. 功夫修練：設計檢核表、作業或找碴練習來強化學習者正確的知能。檢核表是練就該功夫的關鍵能力，作業是練出來的功夫成品，而找碴練習是呈現寫作新手常犯的錯誤。這些都引導學習者按部就班地養成論文寫作的能力，學生只要一一跟進，讀完本書時也將完成一篇自己的論文架構。

表格目錄

本書乃特別針對論文寫作新手而撰寫之書，希望能控制版面使新手不會有太大負擔，內容均為論文研究及寫作的基本功夫，對於進階的研究方法、概念等，本書只以「上乘功夫」指引學習者可再進修研讀之方向。

論文寫作新手來練功

第一武林	·◆ 1 準備研究 → ◆ 2 下主題 → ◆ 3 研究動機與背景 → ◆ 4 定目的、問題、假設與名詞解釋

第二武林	·◆ 5 文獻探討 → ◆ 6 論文格式

第三武林	·◆ 7 研究設計與實驗設計 → ◆ 8 研究對象與取樣 → ◆ 9 研究流程 → ◆ 10 研究工具 → ◆ 11 資料分析

第四武林	·◆ 12 結果呈現 → ◆ 13 進行討論

第五武林	·◆ 14 結論表述 → ◆ 15 研究建議

第六武林	·◆ 16 摘要與附錄 → ◆ 17 論文綜整 → ◆ 18 發表與競賽

目錄

表格目錄

圖目錄

第一武林

嚮往武林世界

蘊釀主題與撰寫緒論

　　主題是整個研究的中心，關係著研究方向以及研究方法，而準備好做研究的心態是進行一個研究的精神食糧。第一武林必須練就的是研究者了解自己做研究的態度，並必須在論文的開始一節開宗明義地描述這個研究的動機及企圖探討的研究目的，即緒論撰寫。

第一道功夫│武林精神
——準備研究

　　在準備撰寫論文時最重要的是心態。如果做研究寫論文時不知道為什麼要做，處於無奈被迫的狀態，那麼這論文就容易成為沒有靈魂的研究。另外，做研究也應該關注「研究倫理規範」，以免有了能力但失了品格，則仍不能具有「科學素養」。

壹、功夫祕笈

一、了解論文寫作在學習中的角色

　　素養是在真實情境下可以運用出來的能力，以知識為核心不分科目地把所學到的知識融合活用，以解決真實生活中遇到的問題。有了知識為底，學得技能與態度即核心素養，具有核心素養的人，即使面對社會環境變化，學到的知能仍然有作用，例如知識判讀能力、邏輯推理能力、實證設計能力、解決問題能力等等。論文研究與寫作養成學生多元能力，包括關心探索環境訊息的態度、問題覺察與議題設定、訊息整理分析、做研究的方法，以及論述能力等等。這之中的探究歷程培養著學生科學的素養，為了培育這些素養，「做研究」不再只是資優班學生科學展覽報告，或奧林匹亞選手競賽才有的機會，108課綱讓每一位學生都有「做研究」的任務；而到了高等教育階段，在三、四年級會進行專題研究，以及碩士學位論文的探究任務，其目

的均為提升個人實踐「做專業學問」的能力。若學生未能具備適當的學習態度，將無法掌握其中學習要領，便可能成為「盲從者」、「茫然者」，則難以養成自主學習的態度與能力。如何引導學習者持有適當的「論文寫作」態度，將決定教育政策的成敗關鍵。

上乘功夫

思考：為什麼要培育科學素養？

如果沒有科學素養，則難以判讀正確訊息，容易以個人直覺和經驗了解事物現象，容易主觀處事以至於因為「偏見」而做了錯誤的決定，也容易訴諸錯誤的權威而失去自我。

具有科學素養則可減少月暈效應、過度推論、邏輯謬誤的生活問題，並能以專業知識整合、運用與批判，具有從較高階的角度解讀訊息的能力。所以一個人可以不太會讀書，但是能具有科學素養，則得以提升其生活智慧。

研究歷程即在培育學生的科學素養，完成一份論文成品使一位稚嫩的學生蛻變成為成熟的學習者。

二、高中探究與實作

以高中自然領綱中探究與實作的課程為例，探究學習內容包括四個步驟（教育部，2018）：

(一) 發現問題

1. 觀察現象：觀察自然現象或學習過程中所出現的疑問，可能是一個事件，可能是一個物質狀態等等。
2. 形成問題：觀察過程中思考存在的問題。

3. 提出可驗證觀點：針對提出的問題，根據過去養成的學科基礎
能力或查詢資料，思考可以透過研究加以驗證的觀點，進而提
出回答問題的假設答案。

（二）規劃研究

1. 設定變項（variable）：變項或稱變因（見第七道功夫）。根
據所提出的觀點設定研究中擬探討的變項。

2. 研究計畫：根據設定的變項問題規劃研究的向度、方法及期
程等。

3. 選擇或設計研究：依照欲探討的向度及變項設計研究探討的脈
絡，例如如何設置實驗研究中的實驗組與對照組。

4. 蒐集數據：藉由實際操作蒐集實驗數據並加以記錄與呈現。

（三）論證建模

1. 分析數據：將研究或實驗數據進行統計與分析。

2. 解釋及推理：探討實驗數據與事先假設或觀點的符合狀況，並
提出相關科學原理解釋實驗結果的合理性，以推論是否支持初
時的假設。

3. 建立模型：統整前面所提出的觀點、實驗數據、解釋及推理，
提出完整的科學模型，以了解現象的發生條件與影響因素。

（四）表達分享

　　透過公開表達與他人交流研究經驗，藉以調整研究方法或改進實
驗規劃，並適時分享研究成果，傳遞知識。表達分享可以安排在研究
過程中的各個階段，以進行各研究能力的互動成長。

三、研究倫理

　　為了遵守學術倫理及尊重他人的智慧財產權，許多學會或學術管理單位會對研究執行或論文寫作進行規範。例如臺灣師範大學、長庚醫療財團法人長庚醫院等各學術單位設置的學術倫理委員會規範，而國家科學及技術委員會也訂定《國家科學及技術委員會對研究人員學術倫理規範》（2022）規範學術研究的倫理守則，其第一條指出：「研究人員應確保研究過程中（包含研究構想、執行、成果呈現）的誠實、負責、專業、客觀、嚴謹、公正，並尊重被研究對象，避免利益衝突。」違反學術倫理者除了學術聲望受到影響外，情節嚴重者甚至會遭撤除學位。顯示遵守學術研究倫理是每位研究者不可不謹慎以對的行為，此處呈現普遍及基本研究倫理的規約如下：

（一）對研究參與者

1. 尊重參與者：明確地讓研究參與者了解他正在參與一項研究案，且可以依意願決定參與的程度，並請他簽署書面知情同意書。

2. 保護研究參與者：若可能對參與者有不利的後果，必須詳細地說明其情形，以及必須描述如何儘量避免及如何處理這些傷害。例如避免參與者成為實驗「白老鼠」，因此在課程結束後對控制組做補償課程。

3. 隱私與保密：尊重研究參與者的個人隱私，以及注意匿名與資料保密。

（二）對他人智慧財產

1. 保障他人的智慧財產：適當地引用他人的資料，並註記清楚，否則便有抄襲（plagiarism）剽竊之嫌。

2. 謹慎擷取他人論述：如教育部國民及學前教育署在《全國高級中等學校小論文寫作比賽格式說明暨評審要點》（2023）即指出：「除非是詩文、歌詞、劇本、法律條文等的引用，否則同一處引用參考資料之原文不得超過 50 字。」

（三）對自己的研究

研究者應忠實呈現研究結果，對讀者負責。撰寫時應避免一些情形：

1. 對研究結果的偏見。
2. 使用不適當或違反倫理的研究方法。
3. 撰寫造假或不正確的報告。
4. 刻意掩飾缺點或未成功的結果。
5. 所發表之著作不可一稿二投或自我抄襲。前者指一個稿件投遞二個期刊進行審查或甚至發表，後者指抄襲自己已發表之著作卻未適當引註。

上乘功夫

研究參與者知情同意書

為了尊重研究參與者的參與自主性，研究者必須設計「知情同意書」，並請參與者簽署，以明確兩者間的關係。知情同意書的內容會因研究目的或研究型態而異，以下是常見的必要內容：(1) 研究的意義與目的；(2) 研究者的身分／含指導教授、贊助單位和聯絡方式；(3) 研究參與者在研究過程中的參與方式；(4) 徵求研究參與者同意的事項，如攝影、錄音等；(5) 研究參與者的權利及可獲得的利益；(6) 研究者在研究過程中會採取的倫理守則（含保密承諾及消毀資料期程）；(7) 雙方簽署欄／未成年或障礙學生等須含家長或監護人簽署。

───── **上乘功夫** ─────

臺灣學術倫理教育資源中心

教育部於 2014 年成立臺灣學術倫理教育資源中心，開設相當多學術研究議題的線上課程，例如不當研究行為、論文寫作技巧等等，以及提供各種相關資源，以提升臺灣學術人員學術倫理知能與涵養。

四、享受研究及撰寫論文

當學生對「探究工作」存在興趣時，則可以用「做研究」來塞個人讀書間的空閒時間，對研究結果很期待的人，甚至會將尋求答案（研究結果）的過程當作一個樂趣。例如讀書累了，上網查一下相關文章或影片，整理其中訊息進行分析等，這些是做學問的很好態度。如果覺得做研究只是交差了事，那麼這件事的意義會大爲降低。

無論如何，一定要下筆方可以修正，爲了要修改便開始會去思考，也才能有實際的論文研究與寫作行動，會讓主題開放而後聚焦。如果遲遲不下筆，則會一直處在天馬行空「三心兩意」的無效行動之中，太渙散的主題會難以收斂，也很難發展具體構思。所以當出現一個初步的想法或是好奇的問題，可以先立刻寫成文字，條列疑惑或不確定處，思索並列出得到解答所需要的行動。

貳、功夫修練

你可以開始寫論文了嗎？以圖 1 思考寫論文的準備程度與規劃調整自己做論文的狀態。

圖 1　準備寫篇好論文了嗎？

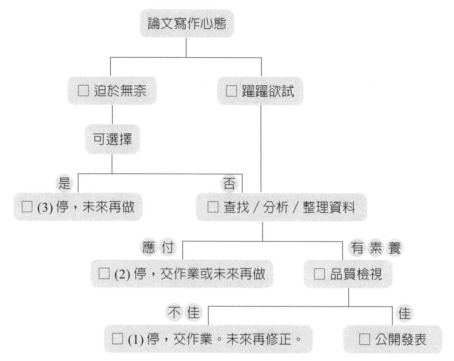

註：在方格內打勾，看你（預期）停在哪一格，而可以做什麼後續努力。

一、正向走向與前進

　　這是一條理想的路線，對即將展開的論文很期待，躍躍欲試。而後積極查閱資料、分析資料、整理資料，完成了有品質的論文而準備公開發表。

二、待調整之走向

　　若在完成論文前遇到阻礙，可能覺得寫論文、做研究是無奈的事，或者實在尚未準備好，建議學習者可以視狀況做一些調整：

1. 狀況一：剛開始躍躍欲試，但做了之後，卻不理想。多半是因為論文技巧尚未成熟，遇到問題不知如何解決。初學者往往無法一次完成有品質的作品，若需要交作業或趕畢業可以先繳出，待學習更多的技巧後再檢視修正。可尋求師長的指導或自修研究方法的技巧，嘗試克服遇到的問題。或者如果課程允許可以先告一段落休息一下，待時機來了再做修正或再補一些動作，完成的研究有很大的機會成為有品質的論文。

2. 狀況二：如果這是個必須的作業，又尚未具有做論文的態度或技巧，那麼可以把學習的重點目標設定在論文研究的某個階段，例如就做做簡單的查閱整理文獻資料，或分析資料，應付一下交差了事。但仍期待學習者在其中思考自己在這研究過程中學到了什麼。或許不久的將來你會想要去探究某個領域，興起對研究的興趣，到時可以這個作業經驗為基礎去調整修改，進行更全面完整的研究。

3. 狀況三：做不好且可以選擇。這是反思的好機會，或許是態度應該調整，或許不夠認識研究主題的屬性，或某階段的研究能力可再精進。但既然可以選擇，建議先暫時放下這個研究工作，待以後準備好了再重啟研究工作。

第二道功夫│武林主旨
——下主題

　　論文研究方向會受到論文的主題及目的影響，學習者可以先關注個大方向後逐步縮小範圍，再確定研究主題。

壹、功夫祕笈

　　在決定論文研究主題大方向後逐步縮小範圍時，要同時思考主題探究的可行性，進而修訂出一個具學術性質的題目。界定研究問題後將使研究更聚焦，之後再探討相關論述所呈現的指引與限制後進行研究設計，再回來對研究主題做最後的確定。

一、找個大方向

　　若是學士生專題研究或碩博士學位論文，大方向多已限制在自己正在專業學習的領域，則學習者可直接從下個段落中發展具體探究的路線。

　　此處以中學生小論文研究為例，在尋找論文研究的方向時可以從幾個向度思考：

1. 領域：思考自己的興趣或能力是偏重在哪一個或哪幾個領域，例如自然科學領域、社會科學領域、醫學領域、人文藝術領域、法政領域等。也可以結合兩個以上領域，例如醫學與人文領域的結合。

2. 科目：對某一科目所學內容有興趣或成績表現佳，可以思考進一步要探討研究的部分。

3. 議題：國教課綱中頒布十九項教育議題（見表 1），可以從這些議題思考可能有興趣探究的方向，在《議題融入說明手冊》中每項議題都有呈列相關訊息資料，學習者可以從中尋找探究方向。

4. 徵稿學類：可從重要稿件的分類思考，例如中學生小論文徵稿主題共分 21 類，可以從中探尋可能方向，包括：工程技術、化學、文學、史地、生物、地球科學、法政、物理、英文寫作、家事、海事水產、健康與護理、商業、國防、教育、資訊、農業、數學、藝術、體育、觀光餐旅（教育部國民及學前教育署，2023）。本書最後一道功夫中表 40 摘錄近年來中學生小論文競賽的特優得獎作品，學習者可以參考。另外，中小學科學展覽分為 13 類科，包括數學、物理與天文、化學、地球與環境、動物、植物、微生物、生物化學、醫學與健康、工程、電腦科學與資訊工程、環境工程、行為與社會科學（臺灣國際科學展覽會實施要點，2022）。這些分類都是學習者可以刺激思索的論文方向。

表 1　108 課綱十九項教育議題

1.	2.	3.	4.	5.	6.	7.	8.	9.	10.	11.	12.	13.	14.	15.	16.	17.	18.	19.
性別平等	人權	環境	海洋	科技	能源	家庭	原住民族	品德	生命	法治	資訊	安全	防災	生涯規劃	多元文化	閱讀素養	戶外	國際

摘自：教育部（2019）。十二年國民教育課程綱要議題融入說明手冊。

二、發展具體探究路線

有了大方向之後，就可以漸進思考更具體的主題，如圖 2 是以環境保護為大方向，進一步規劃可能的主題，並開始閱讀相關文獻，從前人研究的經驗尋找靈感再進一步聚焦研究的主題：

1. 複製先前的研究：找一個自己有興趣主題的論文，複製仿做其方法。目標在經歷一個研究過程，從中學到研究方法。
2. 修正先前的研究：前人研究可能有不夠完整之處，則設計調整後進行一個新的研究，這往往可以從相關研究論文的「對未來研究建議」中去思考。
3. 從過去文獻中爭辯的焦點、相互矛盾，或未定論的研究結果去發現值得探究的主題。

圖 2　從研究大方向思考研究主題（範例）

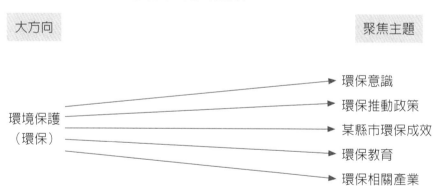

研究主題可以小題大作，也可以大題小作。後者例如以整個事件或整個方案為單位進行探討；前者例如以一個元素或以一個狀態進行探討，可能是一個現象的驗證等等。對於論文寫作新手而言，建議不設定太複雜的變數或設計太多層的過程。例如要質性研究又要量性研

究，要問卷調查又要實驗研究，也避免需要太高階統計分析才能解答
的研究問題。而研究對象可以是人（people）、問題（problems）、
方案（programs）、現象（phenomena）、物質、事件、理論驗證、
資料解析等等。其思考方向如下：

1. 生活：從生活事件、接觸的人事物去探討，再思考這樣的研究
   更接近哪個可探究主題。可以從食衣住行育樂等發掘好奇的事
   項，以有結構的分析過程尋求理性公正的答案。例如雪片賀語
   分析：將節慶時許多祝福詞進行分析了解其受歡迎的特徵，包
   括顏色、文字長度等。其中「受歡迎」可以定義為「轉發最多
   次的祝福詞」等具體的概念。

2. 行動研究（action research）：行動研究包含行動與研究的功
   能，其目的不強調理論的發展及研究結果的普遍應用性，而是
   著重在採取行動以解決個人所面臨的問題，或藉研究來認識某
   個實作中的議題，可以從以下幾個向度思考：(1) 針對個人在
   生活或工作情境中的問題，思考其中特性後規劃可能的解決方
   案，以促進個人工作或生活效能。例如一位教師進行行動研究
   以改進批閱作業技巧，或是一位主管探討有效的合作言語技巧
   而提升團隊工作的專業表現；(2) 針對一項執行的計畫或任務
   方案，探討執行成效；(3) 遭遇難以解釋的議題，為了確認問
   題的嚴重性或議題的重要性而以研究探討之（Ranjit, 2014）。

3. 物質現象：探討物質所存在的現象。例如探討什麼樣的條件可
   以讓 10 塊積木有最大的面積卻最穩固。

4. 事件：對事件好奇而深入探究。例如研究人工智慧系統輔助醫
   師進行病症診斷的效益及其條件，或進行實驗探討某個技術提
   升的條件等。

5. 方案：對某一個執行的方案進行探討，例如探討政府所推動

「青年就業儲蓄方案」的實施困難與成效等。

6. 理論應用：發展研究探討事物的基本原理。例如探討一個化學理論應用在生活事件的現象。

7. 資料分析：對一本書、一些情境或一些資料進行分析，例如看完一本書《紅樓夢》後，分析書裡各個人物的情緒表現等。

上乘功夫

量性研究（quantitative research）VS
質性研究（qualitative research）

量性研究主要以數字呈現研究訊息以對研究假設進行驗證，質性研究主要以文字化分析詮釋研究訊息而回應研究問題；量性研究以信度（reliability）與效度（validity）來呈現科學的客觀性，取得的訊息是表面的，常以單一訊息代表整體的狀況（例如平均數）；質性研究則藉由真實度（authenticity）、合理度（plausibility）、批判度（criticality）來呈現科學的價值，取得的訊息常常是深層的、特殊的。無論是量性研究或質性研究均有其各自的價值與挑戰。

三、題目訂定

一個好的題目應該要簡潔有力，且必須能從題目掌握這篇論文的七、八成概念。因此論文題目主要會包含研究對象及變項二個部分。可以如下程序思考訂定主題，並完成功夫修練的「訂題目」作業：

1. 寫出你的想法，以一個完整的句子呈現，若不知如何下筆，可以先口述後直接寫下再進行修飾。

2. 檢視題目是否有不恰當之處，如下：

(1) 太長：題目建議在 20 字以下，有的英文期刊甚至會限制在 12 字以下。可以先寫下完整的題目後再刪除贅詞。

(2) 邏輯不佳：存在自相矛盾的情形，例如同一個變項呈現為因又像果，描述矛盾。

(3) 唸得不順：例如一個名詞的前面和後面都連接修飾詞。則可嘗試將字詞重組以較有次序及順口詞句描述。可以本書第五道功夫中功夫修練之作業進行練習。

(4) 太白話或情緒性的用詞：太輕鬆白話或情緒性的用詞容易帶給人「不科學」的印象，建議以中性的詞句敘述。

(5) 不普遍的縮寫：偶爾出現或研究者自己命名的縮寫不應直接呈現在題目中，應以完整的字詞呈現。

(6) 變項不明：題目太籠統，無法知道確切的變項及對象。例如「早期療育之探討」，範圍太廣也不知研究對象為何。

(7) 不當的以～為例：以區域或對象為例的敘述並不適當，例如「以高雄為例」是研究對象的設定。因此一個臺灣本土的研究也不需要寫出「以臺灣為例」。但是如果是用一個事例做法規方案等分析探究，則以～為例是可行的。

貳、功夫修練

進入科學思維領域，你必須養成「於不疑處有疑」的素養，請嘗試在小論文的 21 個領域中想出問題後寫在表 2 的作業中。在表 3 中則試著對你想進行的研究撰寫一個研究論文的題目。

表 2　作業：想問題寫問題

填寫／勾選				
小論文 21 個領域	○工程技術　○化學 ○地球科學　○法政 ○海事水產　○健康與護理 ○資訊　○農業 ○觀光餐旅		○文學　○史地　○生物 ○物理　○英文寫作　○家事 ○商業　○國防　○教育 ○數學　○藝術　○體育	

你的問題	問題來源
1. 2. 3. 4. 5.	• 課本裡的敘述 • 作業的問題 • 看別人的論文題目（如本書第十八道功夫表 40） • 看別人論文的研究建議 • 至碩博士論文網站找靈感 • 本書中所舉例子的刺激 • 最近正在進行的一件事 • 別人講的話 • 生活中的事件 • 工作上的問題 • 其他

作業程序：參考小論文 21 個領域，勾選 5 個你較有興趣的領域後，各找出一個問題直白地寫下來（可先不修飾）。

表3　作業：訂題目

任務		填寫／勾選
未修飾的題目		
題目中的對象		
題目中的變項		
檢視		□太長　□邏輯不佳　□唸得不順　□太白話或情緒性的用詞　□不普遍的縮寫　□變項不明　□不當的以～為例　□其他：
範例	未修飾的題目	研究大人們在開車的時候有哪些原因會影響他們衝動的情緒表現
	修飾的題目	開車族駕駛衝動行為因素探究

作業程序：想個問題口述後寫下，思考這個題目中的對象及變項，檢視其中應修正之原則。可參考範例中未修飾與修飾後的變化。

第三道功夫｜進入武林
—— **研究動機與背景**

　　當一個人從事一個新行為或選擇一個事件時，多半有其中的理由或想法。研究動機與背景正是要描述做這個研究的理由或想法的脈絡。有些論文會將此節以「前言」為標題（教育部國民及學前教育署，2023）。

壹、功夫祕笈

　　此節包括二個重要內涵，一為研究動機，一為研究背景。研究者可以選其中一項為主描述，或者二項均等描述。

　　研究動機在描述形成這篇研究的起心動念，描述為什麼想做這個研究，可以從中描述本研究的意義、和生活的連結等；研究背景則偏向描述這篇研究的產出脈絡，會概括性地提及本研究所依據理論的關鍵論點（詳述的理論或觀點則留待文獻探討一章中），主要功能在於為研究架構與研究設計鋪路。研究動機與背景亦應適當描述為什麼考慮的是某群研究對象，以及為什麼設定某些變項，以便與研究目的與問題做縝密連結。其內容可包括：

　　1.陳述進行研究的動機，研究者想做這個研究的源起。

　　2.陳述研究主題形成的背景，包括學理或文獻的關聯論述等。

　　3.說明前人在此主題已有的研究及其結論或建議，以鋪陳本研究的脈絡。

4. 描述研究的完整目的。

5. 闡明執行此研究的意義與價值、創新與獨特，尤其若是希望爭取研究經費補助，此點就更為重要。

貳、功夫修練

研究動機與背景在描述做這個研究的源起。請學習者以表 4 思考所描述的重點，並以表 5 之作業規劃架構。

表4 研究動機與背景撰寫方向／元素

主軸	元素	意義範例	陳述範例
1. 興趣發展	• 喜歡、覺得有趣、一直有在關注	• 從小即一直在關注科學家的故事	• 「如果沒有愛因斯坦，這個世界會發生什麼改變？」
2. 課程學習的延伸	• 課程中的感受、好奇	• 不了解某個學過主題的現象，於是想尋求解答	• 以某化學變化為依據，探討自己的設計是否合理可行
3. 解惑／好奇	• 生活中的接觸 • 新聞事件的刺激	• 遇到生活／工作上困難或疑惑，因此想了解	• 想了解人際爭吵時的個人情緒變化 • 想了解人群踩踏事故發生的前因
4. 學涯探索	• 為未來的專業發展做進階試探	• 深化個人的專業學習；為申請目標系所而進行探究	• COVID-19 之流行源起探究（申請公衛領域學系之用）
5. 工作／任務探索	• 個人任務的需求	• 想精進工作的品質	• 有效諮商關係的元素

作業程序：思考促發你做本論文的可能面向。

表 5　作業：寫研究動機與背景

任務	填寫 / 勾選
動機與背景摘要	1. 2. 3. 4.
檢視	• 連結至次一節 / 段落的「研究目的與問題」 □與題目無關　　　　□動機勉強　　　　□太多文獻 □未描述變項的構思　□概念跳躍　　　　□敘述邏輯不佳 □過多自己的猜測　　□無適當引用資料
修正的動機	1. 2. 3. 4.
範例（主題：游泳訓練對國小低年級兒童粗大動作問題改善之探究）	1. 國小低年級兒童粗大動作發展的重要性 2. 研究者為物理治療師及游泳教練，具有粗大動作訓練經驗 3. 前述經驗，感受游泳訓練對兒童粗大動作提升的可能性 4. 先前的研究對本研究的啟發（形成變項等）

作業程序：寫下你想做這個研究的初始動機及其背景脈絡，思考這些元素如何衍生
　　　　　出研究目的與問題，檢視其中應修飾的敘述後完成修正的動機。可參考
　　　　　範例。

第四道功夫｜揣測武林功夫
——定目的、問題、假設與名詞解釋

　　當有了論文主題構思時，便要開始思考本研究最後要取得什麼樣的答案，因此必須清楚地描述研究目的，由目的思考要探討的問題；為了準確掌握研究結果的可能性，因此由問題寫出研究假設；而為了讀者能清楚知道本研究變項中結果的訊息，因此以名詞解釋去傳達本研究中相關變項的具體意義。

壹、功夫祕笈

一、研究目的與問題

　　將研究動機中企圖探討的元素用綜合的幾句話描述，即為研究目的，研究目的可視為是比研究題目對研究做更完整的陳述句。將研究目的裡的元素轉化為問題，思考變項關係並加上問號的敘述，即為研究問題。表6是由研究目的帶出研究問題的範例。

　　我們在日常生活中常常出現一些疑問，每一個疑問都可能成為一個研究問題，例如我們會思考：

1. 這家麵店生意這麼好，為什麼不再多聘一些員工？於是可能形成研究問題：「小型店家營業額與員工需求之關係為何？」（觀光餐旅領域）

2. 為什麼不寫作業的同學通常喜歡玩線上遊戲？是玩線上遊戲導致不寫作業，還是不寫作業導致玩線上遊戲？於是可能形成研

究問題：「學生作業完成度與網路成迷之關係爲何？」（教育
輔導領域）

當要探究的問題越具體，越能夠帶出變項的性質與量化訊息，接
下來也就更容易設計研究方法。

表 6　撰寫研究目的與問題（範例之部分）

> 　　本研究目的在藉由問卷調查了解自閉症類群兒童認知固著行為型態與形
> 成機制。研究問題有四：
> 1. 分析歸納自閉症類群兒童認知固著行為的型態為何？包括認知固著行為類
> 　　型及固著強度。
> 2. 分析自閉症類群兒童之年齡、智力、溝通能力等與自閉症類群兒童認知固
> 　　著行為強度之關聯為何？
> 3. 分析歸納自閉症類群兒童認知固著行為的形成機制為何？包括其印記時
> 　　機、印記原因及印記類型。
> 4. 分析自閉症類群兒童之年齡、智力、溝通能力等與其形成機制之關聯為
> 　　何？

摘自：陳麗如（2020）。

二、研究假設

　　質性研究因爲不會做推論統計，因此不會呈現研究假設，而也不
是每篇量性研究論文均會呈現研究假設，很多會直接在資料處理中描
述統計方法。但若爲整本的研究論文並有推論統計的設計，還是建議
清楚列出研究假設。

　　研究假設通常以統計假設陳述，即以統計分析的角度做預期的結
果，並以句號結束（參見 p.27 之表 8），是依據研究問題更清楚呈現
研究所擬驗證探討的敘述，它有一個基本的預設立場，企圖經過研究
探討後，公正取得與原本預設樣貌一致或不一致的答案。研究假設的
訂定雖然含有研究者個人的猜測，但其猜測並非憑空想像的，其具有

以下特質：

1. 基於理論或相關的研究訊息而設立，常以文獻資料支持研究假設的描述。

2. 對兩個或多個變項之間關係的推測，陳述時須呈現變項間的關係。

3. 研究假設是量性研究才有的，能夠賦予研究明確的方向，以及探討焦點。

4. 研究假設可以藉由統計方法加以驗證並得出研究結果。

假設的成立可從研究變項的關係去思考，常見如下：

1. 差異式：判定變項間是否存在差異，例如：男學生與女學生每週課外閱讀的時間具有差別。

2. 預測式：判定從一變項預測另一變項的程度，例如：長者長時間看電視使視力退化時間縮短。

3. 相關式：判定變項間的關係程度，例如：洗牙頻率與患牙周病機率間呈現負相關。

研究目的、問題與假設的關係緊密相扣，由研究目的帶出研究問題，再由研究問題帶出研究假設。圖 3 解釋了研究目的是更廣泛、更概括性的，而研究假設是更特定、更具體、更細緻的。

圖 3　研究目的、問題與假設之關係

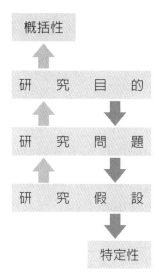

上乘功夫

推論統計

　　由樣本觀察值所得到的統計量稱為估計值（estimated value），是對母群體性質進行推論的統計數值，稱為母數或參數（parameter）。抽樣的真正目的是在藉由樣本的估計值推估母群體的狀態。在做推論時多會發生某些程度的失準，因此須同時呈現此推論的正確機率以及錯誤機率（黃文璋，2006）。（見第八道功夫）

統計假設（statistical hypothesis）

　　科學假設或實驗假設是一句具科學敘述的假設，它藉由統計假設更具體地描述出研究要探討的方向。統計假設包括：(1) 虛無假設（null hypothesis），是指變項間沒有關係的假設，通常為研究者對研究母群參數提出的一個主張，一般以 H_0 表之，目的是希望經過探討後證明為

錯誤；(2) 對立假設（alternative hypothesis），是指變項間有關係的假設，是相對於虛無假設所提出的相對主張，是主張虛無假設不成立，一般以 H_1 表示。通常研究中的研究假設是以對立假設敘述。

三、名詞解釋

　　名詞解釋是具體說明所做研究中之關鍵詞彙，它不是概念性的解釋，而是研究者對於專屬於本研究的詞彙做定義描述，也可能是研究者針對本研究特別定義或使用的名詞。在名詞解釋段落中常常運用指標呈現該名詞的性質。

　　名詞解釋不須定義研究對象或研究樣本，那只需要在研究方法中的研究對象與樣本一節中描述；名詞解釋也不是在做文獻探討，因此若只有文獻資料僅須呈現在文獻探討一章中，若不是研究中的關鍵詞彙也無須列出。關鍵詞彙常常包括研究將探討的變項，在呈現時可以先說明簡單的概念型定義，再敘述本研究中之具體操作型定義：

1. 概念型定義（conceptual definition）：是對一個詞彙進行文字意義的解釋，這種解釋可能會因為個人主觀經驗或認知而有不同的詮釋，因此常會引註該領域學者的觀點作為解釋依據。

2. 操作型定義（operational definition）：是將變量以可操作或可量測的方式表示。在科學探討中，常需要針對某一「事項特質」做描述，使用操作型定義會讓不同讀者快速地理解如何解讀本研究中變項之高低好壞程度，因此常會搭配研究工具的量測做程度的解釋。

貳、功夫修練

　　研究目的、問題與假設必須環環相扣，目的帶出問題，問題再帶出假設。請學習者以表 7 描述自己研究中的這三項內容。

表 7　作業：寫目的、問題與假設

任務	填寫	技巧
題目		
題目中的變項	1. 2.	• 變項將影響研究問題的敘述
研究目的	1. 2.	• 研究目的較籠統 • 研究題目的完整描述 • 一兩句話
研究問題	1-1 1-2 2-1 2-2	• 每個研究目的各自帶出幾項研究問題
研究假設	1-1-1 1-1-2 1-2-1 2-1-1 2-2-1 2-2-2	• 每個研究問題各自帶出幾個研究假設 • 一個統計方法一個假設 • 質性研究無研究假設

作業程序：針對研究題目寫目的，思考要達到這個研究的目的後，對應寫下一兩個研究問題，再思考每個研究問題需要用哪些統計方法來回答，依以撰寫研究假設。

綜觀第一武林

　　緒論的撰寫應該包括研究動機與背景、研究目的、問題與假設，以及名詞解釋，每個元素均有幾項內涵可供檢視，讀者可以表 8 一一檢核思考所撰寫的內容，與可調整修正的方向。

表 8　緒論撰寫品質檢核

元素	內涵	技巧／修正
1. 研究動機與背景	○講清楚為何做 ○描述研究的前後脈絡 □寫成文獻探討	1. 如何想到這個主題 2. 產出本研究的前後關聯 3. 寫動機下延伸出的研究任務 4. 不用引太多文獻 5. 先口述動機再寫下，再做修飾 6. 以研究目的為中心描述關聯的訊息
2. 研究目的	○清楚 □描述錯誤 □與研究題目不相配	1. 不知道你論文的人看目的後講出你要做的主題 2. 從別人講的主題重改題目或目的
3. 研究問題	○具體 ○含變項的關係 □與研究目的不相配 □問題描述不清楚	1. 不知道你論文的人看問題後講出你要探討的變項以及變項間的關係 2. 從別人講的變項關係重改問題 3. 以「？」結束敘述
4. 研究假設	○具體 ○含變項的具體關係 ○含預期的結果 ○知道可用哪些統計方法 □與研究問題不相配	1. 不知道你論文的人看假設後講出你預設的研究結果 2. 從別人講的預期結果重改假設 3. 以「。」結束敘述

元素	內涵	技巧／修正
5. 名詞解釋	○與論文相扣，且專屬於本論文 ○具體的操作型定義 ○若依研究工具評估定義，則指出工具內定義 □重要的研究變項沒有做名詞解釋 □只有文獻引用，沒有本研究專屬的變項定義 □寫研究對象或樣本的定義	1. 陳述本論文的專屬名詞 2. 從研究方法裡的對象、工具、方法等去找專屬本論文之段落或詞句 3. 可知道本研究中變項之「好壞」「高低」等程度 4. 若沒有多於文獻資料的定義，則去除 5. 移至研究對象中定義，並於其中描述收納與排除研究樣本的條件

○為適當的呈現　　□為需要修正的部分

註記：有做好的打 ✓，做不好的打 ✗。

第二武林

練就一身好內力

文獻撰寫與引用

　　文獻撰寫的功能在鑑往知來，文獻書寫得體，代表研究者具有不錯的邏輯思維能力，讓讀者對這個研究產生信任。而研究格式是否能層次分明地呈現，以及這篇論文沒有內在不一致的樣貌，將是研究給讀者的第一科學印象。

第五道功夫│尋覓武林宗師
── 文獻探討

文獻探討是爲了解與探究主題相關的訊息，爲了減少本研究呈現偏誤的訊息便需要大量閱讀過去的文獻，因此文獻探討是撰寫研究計畫時花費最多時間精力的部分。

壹、功夫祕笈

文獻探討整理的面向可包括過去的相關研究成果、學者的觀點、相關理論論述等，可以從中確定本研究的合理性，以便探尋與評估可以支持本研究的執行方向。

一、文獻探討目的與功能

文獻探討的目的在擴展研究領域的知識，以本研究爲中心陳述已存在的知識脈絡，使本研究的立論扎實，並且可使讀者了解研究者的設計或論述乃有所依據，不是只經過「幻想」、「天馬行空」就撰寫或著手研究。因此適當文獻探討可以澄清並聚焦研究問題的內容與範圍，讓研究的方向更爲務實準確，可避免研究的方向不合邏輯或可能是沒意義的。例如如果先前的所有研究結果已證實某個論點是錯的，則除非有很明確的論述理由，否則再做也很難推翻既有的論述，此時若仍執意做一樣的研究，則該研究的意義及價值便減低許多。當然若是研究初學者，這是被認可的，因爲此時會把一份論文的完成目的訂

定在「學習如何做研究」。

　　文獻的呈現有幾個重點，一是與本研究有關的重要概念均要探討後整理在內文中，所以研究的設計或論點在文獻探討中沒出現的，就是文獻要增加的部分；反之，研究的設計或論點沒有關聯，卻在文獻探討中出現的，則可刪除。二則要描述過去文獻說了什麼，這些文獻與本文的關聯爲何；本研究的觀點有哪些文獻是支持的，或哪些文獻是不支持的。三是對本研究對象及本研究變項特質的支持文獻資料。研究者應該很清晰地知道自己的研究應關注哪些變項，然後思考用什麼方式去蒐集到這些變項資料，這些都有賴文獻探討帶來對研究的啟示。四是每個段落有其要傳遞關於本研究的訊息，否則只是無目的地增加文獻篇幅，並無意義。

二、文獻查找

　　文獻類型及取得的方法有很多種，除了傳統文書查找外，例如視聽影音的閱讀或者是網路社群媒體資料等。在資訊爆炸的今日，進行文獻查找的管道相當多元，以下幾種爲主要且常見的：

1. 圖書館資料：直接到圖書館查找書籍、期刊、媒體等等資料，例如國立中央圖書館、各學校圖書館，尤其是對於想探討領域有藏書豐富的大學圖書館，例如各師範大學有大量教育領域的圖書。

2. 碩博士論文：「臺灣博碩士論文知識加值系統」建制了全臺灣各個學校已通過學位論文考試之論文資料，研究者可查詢後進一步查閱全本論文。碩博士論文因爲篇幅不受限，所以通常對研究的歷程有相當完整的交待，然而其中品質良莠不齊，尤其大多數的碩士論文只能稱爲是研究生學習研究的練習作品，其品質大多較爲粗糙，信效度通常不理想，也不太有創新的研究

發現。

3. 期刊論文：多數期刊論文是經過審查後刊登，因此引用期刊論文較可以取得品質佳且可信任的文獻資料。除了紙本期刊資料外，目前有不少電子期刊，方便研究者購買或免費下載。

4. 相關報告：例如政府機構委託學者的研究報告，許多研究報告可以在其委託機構之網站中搜尋取得。

5. 搜尋資料庫：網路有許多學術文章的資料庫，輸入關鍵字可進行文獻查找，包括期刊文獻、書籍、專著、會議論文、書目名錄、政府文件、視聽資料等，資料庫中部分文章並附有全文的 pdf 檔供下載。常見的如：(1)ERIC（Education Resources Information Center，教育資源資料中心），由美國教育部（U.S. Department of Education）建置之教育相關文獻；(2) MEDLINE，美國國家醫學圖書館（National Library of Medicine）所建制的生物醫學資料庫，主要收納生物醫學、公共衛生、行為科學、復健治療等領域；(3) 國家圖書館館藏查詢目錄系統，可藉以查詢圖書館收錄的各種資料，包括書籍、期刊、報紙、數位影音等中英文資料；(4) 其他尚有 Web of Science、Google Scholar 等等。

6. 統計資料庫：(1) 各種長期追蹤資料庫，例如臺灣教育長期追蹤資料庫；(2) 通報系統，例如全國法規資料庫通報系統、傳染病通報系統、特殊教育通報系統等。這些資料庫裡有許多官方蒐集的資料，研究者可進行次級資料分析（見第七道功夫）。

7. 網路資料：網路上所查詢到的資料相當廣泛多元且方便，例如 YouTube 影音資料、名人分享訊息等等。但除非是研究的素材否則不建議過度引用非經過審查或具科學素質的資料，因為它

們通常可信度很低，引用了反而會降低本研究的科學價值。

────── 上乘功夫 ──────

二手資料

　　又稱為次級資料或間接資料，指所引用的不是作者直接研究分析的資料，而是透過別的作者「轉述」自其所閱讀引用的資料。常見的例如文獻、書籍、地圖等等。這些二手文獻雖然經過彙整，資料簡明扼要，然因為不是作者自己分析的，且常會加入個人的評論或解釋觀點，以至於這樣的引用有可能與原始資料的意義有所出入。因此在文獻探討時，引用一手資料會比二手資料更具科學素質。

三、文獻撰寫程序

　　寫作論文是一件科學的行為，科學非常重視證據，不能憑空表達個人觀點，因此必須藉由文獻，從他人的敘述或研究來支持研究者的研究設計或研究觀點。雖然目前有一些軟體可以輔助文獻資料的收藏，可以做很好的書目管理（例如 EndNote），但要將文獻寫成一個有組織且層次清晰的文獻資料，仍需要研究者有科學的資料整理能力，其步驟如下：

1. 從題目、目的、問題、變項，以及關鍵字列出研究應該論述的概念。
2. 以前述之各概念為關鍵字查找充分的文獻。
3. 閱讀文獻並將其中與本研究有關的敘述一一劃線註記，或直接儲存成文書檔。輸入的每一句話均要分別註記出處，以免未來整理搬移時難以追蹤文獻來源。

4. 在每一個段落註記關鍵概念。

5. 將相近的概念段落移在一起，並對每一塊段落定義一個小標題，做暫時性的註記。未來文章完成時再將此註記消除，以便文章更順暢。

6. 引用之文獻不可直接複製貼上，須重寫後對所整理的文獻提出自己的觀點，以避免抄襲之嫌。

7. 將各段落做文詞修飾、邏輯調整，使文章詞句及段落順口、有清楚的結構，以成為有邏輯的學術文章（見功夫修練之作業）。

四、文獻撰寫技巧

寫論文和寫作文或小說的技巧有很大的差別（見表9）。作文是以作者主觀的角度進行描述，可能的文體有抒情、敘事，或議事等，鼓勵運用修飾、引喻以達文情並茂；論文是以事實客觀的立場進行直接具體的表述，行文避免贅詞，且佐證資料以為論述憑據。因此小說、作文寫得好的人不一定會寫研究報告；小說、作文寫不好的人未必不能寫出一篇好論文。論文寫作描述的技巧包括：

1. 避免內文出現以下情形：與題目無關、太多文獻、未描述變項的構思、資料過舊、概念跳躍、敘述邏輯不佳等。

2. 忌不當用詞：內文避免情緒性、輕蔑性、歧視性等字眼，例如「無可救藥」、「殘障」等。而教育部陸續函文指示各級學校正式文件或學術資料須以正體呈現，因此論文中也不使用簡字，例如「台灣」應寫「臺灣」、「体育」應寫成「體育」。

3. 不以簡寫呈現：中英文皆然，學術論文應以完整名詞敘述，除非在第一次出現時先註記「以下簡稱……」，翻譯詞也應有原文對照。例如第一次應出現「教育部國民及學前教育署」（以

下簡稱國教署）；第一次應出現自閉症類群（Autism Spectrum Disorder，以下簡稱 ASD）。

4. 整理個人觀點：在每一大段落後能以一小段落做一個小結論，表述研究者閱讀文獻後所整理出的個人觀點。如果能以表格呈現，則更清楚明瞭。如表 10 範例。

5. 敘述這些想法或文獻與本研究的關聯：將文獻與本研究的觀點、設計，或假設進行連結，可以「本研究……」進行描述。例如：「因此本研究將以黑白版面而非彩色的繪本為工具……」。

6. 研究者可在閱讀文獻前先以既有的構想或認知描述研究的內涵，然後再去找相關文獻「鑲入」所寫論文中做佐證或批判。

7. 須引註出處：如果沒有清楚描述引文，可能成為研究者個人主觀的猜測，或可能會有論述抄襲剽竊的嫌疑。

8. 為求版面清晰明瞭，提升可讀性，須以一定的標題層次變化達到醒目效果。若是學位論文會加入以章為最高層次標題，節為次標題，並且段落須層次分明（見下一功夫之表 13）。

表 9　小說／作文和論文的差異比較

向度	小說／作文			論文		
	技巧	例句	功能	技巧	例句	功能
主角敘述	人稱序多變彈性	我注視著它，不自覺地潸然流淚，陷入情緒之中久久不能自己……	帶領讀者體會作者之情緒，融入情境	論文中一律以「本研究」描述	本研究發現受試者在愛情關係中受到情緒威脅時，平均連續哭泣 3.2 小時	中立，不預設立場、不左右讀者情緒
				「我」一律使用「研究者」	研究者持續關注其中的議題，期待……	研究相關人物對象明確，讀者清楚掌握角色對應關係

向度	小說／作文			論文		
	技巧	例句	功能	技巧	例句	功能
措辭技巧	迂迴、華麗	你偶爾默默不語讓人摸不著頭緒	展現文學素養	直接、具體	20% 受試者沒有口語表達的能力	用詞精確，展現科學素養
	誇張的修飾	這幾天寒風刺骨，冷到頭皮發麻		資料明確	在 1 月 2 日至 1 月 15 日的 14 天中平均氣溫為 5 度，最低溫為 2 度，最高溫為 8 度	
語氣運用與情緒用詞	運用反詰詞句、模糊的訊息	這幅畫好漂亮啊，售價如此低廉如何與其身價匹配？	反諷，加深讀者印象	正向直接且具體	該幅畫獲得當代三位藝術家高的評價，但以低於定價的 35% 售出	讀者明確知道差異程度
	例如：運用「吧、呢、嗎」等語氣詞	你看了文獻之後應該會心一笑了吧？	親切、虛無飄渺、增添想像空間	避免使用過於輕鬆的語氣	依以上文獻，研究者整理如下 3 點：	簡單敘述，讀者快速掌握資料脈絡
	偏見的敘述	現在的大學生幾乎個個都是夜貓族	以偏概全，誇張文詞的力道	明確，不可讓人猜測	38% 大學生在凌晨 2 點至 3 點就寢	每位讀者解讀一致

表 10　自閉症類群固著行為相關研究及本研究擷取觀點（範例之部分）

研究者	內涵或現象	本研究擷取觀點
黃奕偉（2017）	現階段不會影響到自閉症類群之親人的生活，是否也應該積極處理？	固著行為處理的必要條件

研究者	內涵或現象	本研究擷取觀點
Ulusoy & Duy（2013）	錯誤的想法、不理性的思考、荒謬的信念等，將導致焦慮、憂鬱或其他沮喪情緒，而產生適應問題	自閉症類群出現不合理的認知固著行為時，會出現哪些行為或情緒現象
Cooper（1993）	每個人的經驗以及對經驗的信念不同，對外部世界的理解迥異	個別化的認知基模；某些訊息對自閉症類群的意義不同，遠深於一般人
Lovaas et al.（1987）	固著行為對個體具有功能的或為該個體提供「適應的結果」。	固著行為是否代表自閉症類群的適應機制
Furnham（2015）	印記只發生在固定的、嚴格的時間點上；壓力下，留下的印記更強	印記時機；情緒、壓力的關聯
Ahearn（2010）	父母在個人印記的形成上是非常強烈的增強物；印記會形成明顯的脈絡，並會以某種方式消失；弱化效應	認知固著行為被印記的脈絡；弱化既存固著基模的元素
陳皎眉（2010）	再建構歷程中既有的基模是相當重要元素	再建構以處理既存基模

摘自：陳麗如（2020）。

貳、功夫修練

　　撰寫文獻探討有幾個要關注的向度，研究者必須從中掌握撰寫的技巧，表 11 訓練學習者覺察如何從詞句凌亂的敘述改為精簡順口的敘述。另外可以表 12 之作業規劃研究論文中文獻探討的撰寫架構。

表 11　作業：寫出精簡順口的敘述

原句	你的修正	參考
1. 對於受試者沒有養小狗的無法回答		對於沒有養小狗的受試者無法回答
2. 否則在呈列參考書目時常常會錯誤		否則常常會呈列錯誤的參考書目
3. 依你的研究先條列每項再摘要項目的內容		先條列後摘要你的研究項目

作業程序：將原句內分出數個詞，嘗試刪除及重組後，思考如何撰寫可以更簡潔、
　　　　　更直接及更順口。

表 12　作業：寫文獻探討

任務	填寫／勾選
文獻摘要或節次	1. 2. 3. 4.
檢視	□與題目無關　　□太多無關文獻　　□未描述變項的構思 □資料過舊　　□引用資料未註記出處 □未整理出個人的觀點　　□概念跳躍　　□敘述邏輯不佳
修正的文獻	1. 2. 3. 4.
範例（主題：自閉症類群青少年觸法行為歷程探究）	1. 自閉症類群學生的特質與固著行為 2. 自閉症類群學生觸法行為 3. 身心障礙者犯行評議權益 4. 自閉症類群學生行為輔導與課程介入方案

作業程序：思考題目中的對象及變項後架構文獻探討的主軸，檢視其中應修正之原
　　　　　則後予以修正。可參考範例。

註記：有做好的打 ✓，做不到的 ✕。

第六道功夫│一付好體態
——**論文格式**

　　引用文獻主要分為二個部分，一為內文引用（citation），二為參考書目（references），前者呈現在內文中，後者獨立一節呈列在論文末。

壹、功夫祕笈

一、文體格式

　　撰寫文體格式需要清楚明確且一致，避免呈現雜亂的版面，使讀者快速掌握內文的脈絡，目前有些學會主張該學術領域應遵循的格式，成為大家熟識論文寫作的溝通模式。例如由美國心理學會（American Psychological Association, APA）在 1929 年所出版的 APA 格式（APA style），作為學術界出版文章時呈現架構的規範，當時共有 7 頁。如今最新版為 2019 年出版的第七版，共有 428 頁（Streefkerk, 2022）。APA 是目前學術界使用最廣的學術論文格式，也是目前中小學科展及高中小論文常指定的格式。由於內容相當繁複瑣細，本書以範例引導學習者藉由實作認識常見的格式（請見「功夫修練」之找碴練習）。

　　其他尚有各學術領域所訂定之寫作格式，例如 AMA（美國醫學會：American Medical Association）、美國 MLA（現代語言學會：

Modern Language Association）、The Chicago Manual of Style（芝加哥格式手冊）等等。

　　以上均為英文學術著作的格式規範，目前並沒有學會或機關發布中文論文的統一格式。林雍智（2021）依 APA 第七版，提出相對應的中文論文格式建議，研究者在撰寫中文論文時可以參考。但研究者在投稿前仍然要依目標期刊之稿約或出版機關（例如授予學位的學校）的寫作格式規範撰寫，若不須受到規範，則同一篇論文內的格式仍應該一致且有清楚明瞭的樣貌。

二、內文引用

　　內文引用是指閱讀文獻資料後撰寫於論文內。引註文獻來源的主要目的是讓讀者能分辨出表述的來源，如果沒有引註，一律會成為研究者自己主觀的言論，屬於無根據的論述，而未來若被發現與他人的著作內容重複過多，則有很大機會被判定為抄襲。根據《國家教育研究院研究人員學術倫理案件處理要點》（2022）的定義，抄襲為「使用他人之研究資料、著作或成果，未註明出處。註明出處不當，情節嚴重者，以抄襲論。」所以在引用他人資料時必須注意幾個原則，以避免抄襲之嫌：

1. 確實呈列引用之參考書目。
2. 清楚描述所有資料來源，確實註明出處。
3. 忠實註解，但廣為人知的科學及歷史事實通常不需要標記引用。例如描述地心引力的現象，不須特別引註是來自牛頓的論述。
4. 善用引號：引用較長的字句或原文敘述應以引號註記。
5. 大幅引用資料須取得原作者之出版商或是版權所有人之同意，例如問卷、教案的運用。

6. 爲避免自我抄襲及一稿多投，若引用自己過去的著作時也需要註記是何時發表的哪一篇著作。

論文內引用會有二種形式，一爲以括弧直接寫明是來自哪些文獻，二爲行文中指出是哪些文獻描述過的，可以視前後文的流暢度選擇形式。研究者可以試著將論文中的括弧去除後（包括年代的括弧），閱讀後評估其順暢度再決定撰寫的形式。而引用圖表也應在註腳清楚描述資料來源與篇幅，其中可能是「完全引用」，也可能是研究者根據哪些文獻整理而得的。

上乘功夫

論文比對系統

為防止學術抄襲、維護學術倫理，目前許多學術單位均要求研究者必須進行論文原創性比對，將提交的文件與各類電子資源（包括期刊、資料庫、電子書與網路資料等等）比對，用以檢測文本的原創性。目前臺灣各大專院校及學術出版單位主要使用 Turnitin 公司所出版的 iThenticate 論文比對系統，檢視稿件的抄襲行為。

三、參考文獻

所有在論文中出現過的文獻及資料，都必須收錄於參考文獻一節中，參考文獻通常置於整篇論文之末，若有附錄，則會在附錄之前。其排列呈現有一定的規則，以 APA 爲例，參考文獻依照姓氏的英文字母序或中文筆劃序排列，可利用文書軟體中「排序」功能直接點選處理。

另外一提的是，研究者應該清楚明瞭外文作者可能出現的各種姓

名形式，以及各期刊刊登的格式，否則常常會呈列錯誤的參考書目，使未來的研究者無法依循你的論文查詢相關資料。

表 13　文章層次結構

壹、置中粗體
一、左對齊粗體
(一) 左對齊細體
1. 內縮 2 個全型字細體
(1) 再內縮 1 個全型字細體

貳、功夫修練

　　外文作者可能出現各種姓名形式，請以表 14 作業練習外文書目的引用格式。另以表 15 的找碴練習直接進行 APA 第七版格式規範的練習。

表 14　作業：找論文寫書目

| 論文 — a | 論文刊登頁 | **International Journal of Evaluation and Research in Education (IJERE)**
Vol. 10, No. 4, December 2021, pp. 1255~1261
ISSN: 2252-8822, DOI: 10.11591/ijere.v10i4.21897　　　　　❑　1255

Medical crisis during pandemic: Career preferences change in medical student

Dian Natalia[1], Rizma Adlia Syakurah[2]
[1]Medical Profession Students, Medical Faculty, Sriwijaya University, Palembang, Indonesia
[2]Public Health Faculty, Sriwijaya University, Palembang, Indonesia |
| | 你的書目 | |

	正確書目	Natalia, D., & Syakurah, R. A. (2021). Medical crisis during pandemic: Career preferences change in medical student. *International Journal of Evaluation and Research in Education, 10*(4), 1255-1261. https://doi.org/10.11591/ijere.v10i4.21897
	說明	本文有二位作者,「名 + 姓」形式,第一位作者名有 1 字,第二位名有 2 字。
論文一 [a]	論文刊登頁	**Building Military Learning Organizations: Many Birds, One Stone** Freeman, Tyler E.; Calton, Michele A. Learning Organization, v28 n3 p257-269 2021 Purpose: This paper aims to illustrate the need for context-adapted models of military learning organizations (LOs), identify challenges to building LOs in the military and discuss how maturing as an LO provides military organizations a competitive advantage. Design/methodology/approach: This paper highlights the primarily industrial focus of existing literature, discusses a
	你的書目	
	正確書目	Freeman, T. E., & Calton, M. A. (2021). Building military learning organizations: Many birds, one Stone. *Learning Organization, 28*(3), 257-269.
	說明	本文為「姓 , 名」形式,有二位作者。文章名之主標題及副標題第一字母大寫,其餘小寫。
論文三 [a]	論文刊登頁	MODESTUM　　EURASIA Journal of Mathematics, Science and Technology Education, 2022, 18(1), em2061 　　　　　　　　　　　　　　　　　　　　　　　　　ISSN:1305-8223 (online) OPEN ACCESS　　　　　　　Research Paper　　　https://doi.org/10.29333/ejmste/11443 **How Children Get to Know and Identify Species** Barbara Jaun-Holderegger [1*], Hans-Joachim Lehnert [2], Petra Lindemann-Matthies [2] [1] Bern University of Teacher Education, SWITZERLAND [2] Karlsruhe University of Education, GERMANY Received 26 June 2021 • Accepted 13 August 2021
	你的書目	

正確書目	Jaun-Holderegger, B., Lehnert, H. J., & Lindemann-Matthies, P. (2022). How children get to know and identify species. *Journal of Mathematics, Science and Technology Education, 18*(1), https://doi.org/10.29333/ejmste/11443.
說明	此有三位作者，以「名＋姓」形式，其中第一及第三作者為複姓。其 DOI 以網址呈現；投稿後常會經過漫長的審稿及刊登作業時間，有的期刊甚至會花上數年的時間才完成出版作業。因此部分期刊會註記文章之投稿日、接受刊登日及出版年，以讓讀者了解該研究工作的時程。參考書目應註記的為出版年。

作業程序：依論文的刊登訊息書寫你的參考書目後，再參考作者的答案及補充
　　　　　說明。

[a] 論文圖像取自 ERIC 之查詢頁。

上乘功夫

參考書目之斜體與粗體

　　圖書館資料多以書、期刊、資料等之名稱字序有條理地分類陳列。以前紙本時代，學者拿著所列的書目去圖書館查詢資料，書籍一本一本立在架上，可以看到的就是書背——書為書名，期刊為期刊名加卷數，學位論文為論文名稱，影音資料為片名……等等。手上書目英文字串中以斜體呈現關鍵字，可以因為醒目而讓學者更快速對應找到架上的目標資料。而中文參考書目則多以粗體呈現書背的關鍵字。

表 15　**APA 第七版格式之找碴練習**

這是個比較大的練功材料，請逕見附錄一、附錄二及附錄三。

找碴程序：挑選附錄一文中不符合 APA 第七版之格式，並修改之。參見附錄二修
　　　　　改後之樣貌，自己思考整理為何如此修改，而後參看附錄三之說明。

─── **上乘功夫** ───

DOI（數位物件識別碼）

　　為 Digital Object Identifier 的縮寫。數位材料為當代流通最快速且最廣泛運用的物件，數位資訊成為現代物件資料之常見標記形式。為求長久識別及保存，國際數位物件識別碼基金會（International DOI Foundation）建制 DOI 系統，以數字碼作為保有資料之持久識別，也方便查閱者取得資料。APA 第七版要求有 DOI 的文獻應明列 DOI 在參考書目中。

綜觀第二武林

　　此處將第二武林的文獻撰寫與引用之內涵與技巧做一個整理，請讀者以表 16 進行檢核，或在冒號後寫下文獻應呈現的概念。

表 16　文獻撰寫檢核

元素	內涵	技巧／修正
1. 內文敘述	◯有邏輯 ◯直接清楚的文字描述 ☐未整理出個人的觀點 ☐未與本研究連結 ☐過於華麗的修飾 ☐隱喻拐彎的描述 ☐情緒性的描述 ☐敘述邏輯不佳 ☐思路跳躍 ☐概念凌亂 ☐文詞不順暢 ☐相同概念分散各處 ☐重複描述 ☐寫簡寫詞	1. 以「本研究……」敘述關聯性 2. 請教師批閱 3. 請父母同學閱讀 4. 提醒自己是在寫論文，不是在寫小說 5. 參考表 9 比對修正 6. 將概念一一挑出重整、歸類、成節 7. 將文中（　）去除後（包括年代）評估其順暢度 8. 補上「以下簡稱」，則之後可以直接敘述簡寫詞
2. 文獻內容與架構	◯題目的概念： ◯問題的概念： ◯變項的概念： ◯研究目的及問題中的概念均有呈現 ◯問題的每個變項均有寫到 ◯節次標題層次位置及粗細正確 ☐與題目無關 ☐太多文獻	1. 用顏色將目的、問題或變項與文獻區塊比對。 2. 以節次為單位比對目的或問題 3. 文獻整理依序：閱讀、字句關鍵字、概念聚集、段落標題、節次 4. 以表 13 檢核思考，依序：章、節、壹、一、（一）、1.、(1) 5. 以引用標準一一核對

元素	內涵	技巧／修正
	□ 未描述變項的構思 □ 內容沒有目的、問題或變項可對應 □ 架構凌亂 □ 自創格式 □ 自己文內格式不一	6. 同階層之字體、大小、內縮、行距等一致
3. 參考文獻	○ 中文稿：中文在前，英文在後 ○ 英文稿：英文在前，中文在後 ○ 參閱論文寫作規範，為：APA第七版或其他 ○ 遵循目標刊物稿約之格式規範 □ 內文有的文獻沒有 □ 文獻有的內文沒有 □ 引用格式錯誤 □ 資料過舊 □ 資料未引註出處	1. 一一呼應規範進行檢核 2. 以文書軟體一一搜尋比對 3. 查閱稿約一一核對 4. 不過度引用或過少引用 5. 練習本書附錄一之找碴練習熟悉格式 6. 所引用的文獻盡可能是新的著作（近 10 年內），但古典模式或著名學者的論述則不在此限 7. 引用時必定引註出處 8. 熟讀寫作規範 9. 以 EndNote 進行文獻管理

○為適當的呈現　　□為需要修正的部分

註記：有做好的打 ✓，做不到的 ✗。

第三武林

展現真功夫

研究方法

　　研究方法是呈現著一個研究者的科學素養軌跡，它雖然有一個隱約的研究路徑，但會依研究目的及設計而呈現出很大的差異。本武林要培養學習者科學研究方法的能力，主要內容包括研究設計、研究對象與取樣、研究流程、研究工具、資料分析等，若研究情境具有一些條件也應該列節或以段落說明，這其中的每項任務都是影響研究信效度的關鍵，因此要盡可能描述。其中在較小的研究報告或較短的期刊論文受限於篇幅，某些部分會精簡呈現，例如研究設計、資料分析等常以幾句話交待。

　　撰寫研究方法目的是在告訴讀者如何進行本研究，讀者閱讀之後不僅可以知道這個研究如何進行，甚至可以「如法泡製」。因此，如果有兩份主題及對象都相同，研究時間也相近，當他們均有很高的信效度時，即使樣本或方法不同，也應該得出差不多的研究結果，因為「真理」只有一個。

第七道功夫｜練一手好功夫
——研究設計與實驗設計

　　研究設計在一篇論文裡扮演「承先啟後」的角色：承接著本論文的研究使命（目的）與科學脈絡（文獻探討訊息），開啟後面研究任務的進行，而能產生出科學的研究結果。這之間以邏輯貫穿，如果不能合理，則研究無法科學。研究者首先必須具有各種研究方法的基本認知，才能選擇、設計出一套適當的研究方法。

　　研究設計一節必須說明採取的研究類型和理由，以及研究方案的概念和內涵等，若是實驗研究，則此節可以「實驗設計」為題呈現。而這之中變項是很重要的元素，要練就此道功夫也必須合理架構變項在研究過程的角色。

壹、功夫祕笈

　　科學研究可以約略區分成「實徵研究」與「非實徵研究」，兩者的差異在於研究資料獲取的方法。前者以科學技巧操弄，並使用定量或定性方法蒐集證據，以得出研究結論；後者可能透過文獻探討綜整成一個分析論述，或是透過個人觀察、經驗、對時事的反思進行分析探究，以闡述出科學的論述。

一、變項

　　變項是研究中在量或質上會變動的事物，是能夠被測量評核的意

53

象或概念。研究問題或假設會描述擬探討的變項內涵，以及描述變項與變項之間的關係，而變項的屬性將決定如何設計研究，以及可以使用哪些統計方法。從不同的角度可以將變項的屬性進一步分類，包括：

(一) 以測量尺度區分

1. 連續變項（continuous variable）：是連續的數值，又可分為：
   (1) 等距變項（interval variable）：變項之間可以排序，有相同的差距單位，但無絕對零點（absolute zero），例如以智力測驗測得的「智商」；(2) 比率變項（ratio variable）：變項之間存在比例關係，具有絕對零點，例如歲數、體重等。

2. 類別變項（categorical variable）：是不連續的變項，又可分為：(1) 次序變項（ordinal variable）：可以是名詞或數值，具有高低或優劣的次序性，變項之間的差距不一定具有相等的距離，例如跑步成績「第二名與第一名的差」不等於「第三名與第二名的差」；(2) 名義變項（nominal variable）：不具有差距的意義，常常是一個名詞，例如父親或母親、身心障礙類別等。

上乘功夫

絕對零點

有絕對零點的物質其數值「0」代表該物質現象是不存在的，例如體重 0 公斤表示沒有物質存在。

沒有絕對的零點稱為相對零點（relative zero），是人為定義出來的現象，例如溫度等。攝氏 0 度時溫度現象還是存在的，而攝氏 0 度 = 華氏 32 度。

(二) 從變項的應變屬性區分

1. 自變項（independent variable）：自變項是可以自主浮動的探究項目。

2. 依變項（dependent variable）：也稱為應變項，是依著自變項變動而產生結果的那個變項，也就是被影響的變項。

在量性研究中常常會設計各種自變項，分析探討其與研究依變項間的關聯。

(三) 從實驗變項的屬性區分

在實驗研究中需要認識更多的變項名稱：

1. 操弄變項：也屬於前述之自變項之一，但特別指在實驗研究中有「操弄」動作的自變項。例如操控睡眠時間長短、操控是否出現「增強物」等。

2. 外在變項（extraneous variable）：不是研究中計畫探討的變項，卻會影響自變項與依變項之間的推論準確性，使得研究結果無法直接掌握自變項對依變項真正產生的改變程度。例如探討「運用學習策略對學業成績進步的影響」，此時可能有用功程度、智商等外在變數會干擾研究的結果。

3. 控制變項（controlled variable）：不是研究中所要探討的變項而以研究設計進行控制的，即控制變項。可能是排除外在變項，或在研究設計中控制變動的某變項。例如前述研究中控制各組樣本的智商分布，再分析不同組別間的學習策略運用及學業成績表現。

4. 中介變項（intervening variable）：中介變項連結了自變項與依變項。自變項可能導致中介變項的變化，中介變項又造成依變項的變化。所以如果在研究設計中沒有顧及中介變項，便可能

對自變項到依變項間關聯的判斷不準確（即研究效度）。例如策略運用影響專注力，專注力又影響學業成績，則專注力是其他二個變項之中介變項。

(四) 從變項可操弄與否之性質區分

1. 主動變項（active variable）：可以由研究者加以操弄、改變，或是控制的變項，例如溫度、指導語長短等。
2. 屬性變項（attribute variable）：無法由研究者操弄、改變，或是控制等的變項，例如種族、社經地位等。

二、研究效度

研究設計中必須表現出本研究的效度，學習者應該了解以下二者的差別：

1. 內在效度（internal validity）：即研究結束後，回答原本研究問題的準確程度。若是實驗研究，則指所操弄介入的變項對依變項所造成影響的真正程度。若實驗的干擾越多，得出研究的準確性越差，則該實驗的內在效度便越低。因此研究設計應努力控制干擾變項（confounding variable）以便掌握研究的內在效度狀態。又如影響推論的樣本因素可能包括樣本大小及抽樣的偏誤，則取樣時便應予以設計控制。

2. 外在效度（external validity）：研究結果可推論的範疇，例如實驗研究結果是否可推論到研究對象以外的其他受試者，或研究情境以外的其他情境（Ranjit, 2014）。例如研究發現後設認知策略能有效提升國中學生的專注力表現，則這個效果似乎有很大的機會對高中生也有效，那麼外在效度是高的。不過，這樣的結論應該先做保留，還需要另一些研究來驗證支持真正外在效度為何。研究的外在效度越高，可以為本研究帶來更高的

價值。

　　研究設計時應優先思考提高內在效度的條件，其次才考量外在效度，因為如果研究本身就是不準確的，那麼就沒有機會去推論到其他的哪些人或哪些情境。

三、調查研究設計

　　調查研究是以一些問題蒐集研究樣本的資料，主要是以問卷調查後進行資料分析，所以問卷在調查研究中是很重要的研究工具，研究者必須清楚交待研究工具的來源及信效度等資料，才能讓讀者信任研究結果。研究設計中也要說明調查的方法、調查時間，以及如何取得調查資料，例如網路調查、問卷寄發、電話訪談、路邊發放資料等等。又如果是次級資料研究（secondary data research）或德爾惠技術（Delphi technique）調查研究等，也應在研究設計中描述。

─────────── **上乘功夫** ───────────

次級資料研究

　　一手資料（primary data）是指研究者所分析的資料是自己經由問卷、訪談等直接蒐集的。若不是自己蒐集，而是從公開或分享的資料庫中取得資料進行分析，甚至成為一篇研究論文，則為次級資料研究。次級資料研究不須研究者自己發展問卷及施測，可使一篇研究省下許多時間，但因為要探究的研究問題不一定可以從資料庫中所存在的訊息分析回答，因此研究上會受到一些限制。

　　目前臺灣有相當多的資料庫，研究者可經申請後下載資料進行分析，例如特殊教育長期追蹤資料庫、臺灣教育長期追蹤資料庫等；此外「政府資料開放平臺」中也有五院（行政院、立法院、司法院、考試院、監察院等）官方公開之一手統計資料，若予以有系統地分析也屬於次級資料分析。

───── **上乘功夫** ─────

德爾惠技術（Delphi technique）

又譯為德懷術技術，兼具焦點團體訪談及調查研究的功能。團體討論的問題以書面往返交流數次，參與者可以看到前一次有人提出了哪些意見，以及團體成員的共識如何，藉由反覆的書面資訊終而達成共識後回應研究問題。在討論過程受訪者間不必面對面互動和面質，可避免部分重要成員對全體決策之影響，因此可以確保每位研究參與者無壓力地表述，更具獨立思考及自主性。

四、實驗研究設計

實驗研究結果可以提供因果關係的證據，可分為：

(一) 真實驗(true experiment)

大部分自然科學研究會以真實驗進行，尤其如新開發藥物研究成果可能對人體健康造成大的影響，其失誤風險被接受的程度是小的，其實驗過程必須相當嚴謹，便需要以真實驗研究進行。其具備幾個重要元素，包括：

1. 有可以比較的組別，例如實驗組與控制組，或二個以上不同介入的對照組。
2. 有可以操弄的自變項，以及因為操弄而會受到影響的依變項。
3. 具有操弄介入的歷程並可予以量測。
4. 隨機取樣與分派（random assignment）：即抽出參與實驗的樣本是從母群體中隨機取樣而來的，而且每個參與者都有相同的機率分配到實驗過程的組別。

5. 確保研究各組間相似：實驗中的各組具有相等的基礎條件，特別是會影響依變項的外在變項。可安排的設計除了隨機分派外，也可以運用配對（matching）的做法，讓各組具備一樣或相近的條件。

（二）準實驗（quasi-experiment）

實驗的設計與流程與真實驗相似，具備實驗組和控制組，以及介入前後的測量等。然而基於現實考量，無法達到嚴謹的實驗條件，則屬於準實驗研究，例如參與的樣本難以隨機分派。大部分的人文社會研究因為不是在封閉的實驗室進行，難以掌握外在變數與無法完全避免干擾變數，因此常以準實驗研究進行。雖然準實驗的研究結果較不被信任，但仍有一定的科學價值存在。

（三）非實驗

不操弄任何變項或進行隨機分派，所以無法驗證其間的因果關係。描述性或相關性的調查研究等即非實驗研究。

上乘功夫

單一個案實驗設計

或稱單一受試法，以一個或少數幾個實驗樣本反覆操弄的實驗過程，這些受試者可視為是同時擔負實驗組與控制組的角色。例如若採 A-B-A 設計，規劃從基線期（控制期）先觀察評估後再進入處理期，從處理期再倒返至基線期，然後觀察其依變項在各個階段間的變化，其過程含預測、驗證（verification）和複製（replication）三個要素。

───────── **上乘功夫** ─────────

實驗研究型態

實驗研究有各種類型，包括單組後測設計、單組前後測設計、等組前後測設計、不相等控制組設計、索羅門四組設計（Solomon four-group design）等等。

從自變項與依變項的數量上來看，只有一個自變項稱單因子設計（single-factor design），否則為多因子設計；只有一個依變項為單變量設計（uni-variate design），否則為多變量設計（milti-variate design）。組合起來的研究設計則可能為「單因子單變量實驗設計」、「單因子多變量實驗設計」、「多因子單變量實驗設計」，以及「多因子多變量實驗設計」。

因果研究

嚴格地說，因果研究只能從實驗的操弄過程得到「影響」的關係。另有一種因果研究為「事後回溯研究法」，是在事實發生過後，探討與此一事實有關的先前因素，但此屬於非實驗研究設計，其因果推論的信效度仍不如實驗研究被同意。

五、質性研究設計

質性研究價值與量性研究不同，後者常取得的是表面、外在的現象狀態，而質性研究可以看到資料深層的意義。質性研究有各種形式，包括人種誌研究、扎根理論研究、個案研究、歷史研究、敘事研究、現象學研究、主題分析研究等等，其方法可能是訪談、圖像蒐集、攝影、文史檔案搜尋等等，所取得的資料不是數值，而是訪談紀錄、影像內容、歷史文件等等。其中訪談還可分為深度訪談或焦點團

體訪談等等（見第十一道功夫）。

六、撰寫研究設計

　　研究設計在思考的是如何進行研究，因此需要描述如何完成本研究的計畫藍圖，包括其研究類型及變項的設計等。研究者要規劃如何蒐集資料及要蒐集哪些資料，以及如何分析資料。撰寫研究設計有助於研究者規劃研究中各種變異來源與變化，以及其因應措施，其內容可以如下：

1. 研究類型：描述研究類型，例如調查研究、前後比較研究、實驗研究，或單一個案實驗設計（single-case experimental designs）、因果關係（cause-and-effect relationship）、次級資料分析、個案研究（case studies）、訪談研究、人種誌研究等等。

2. 研究期程：從與研究樣本接觸的次數思考研究設計是要定位在哪一類，例如橫斷研究（cross-sectional studies）、事前事後比較研究（before-and-after studies）或縱貫研究（longitudinal studies）等等。

3. 方案／處遇措施：對研究過程安排哪些措施，例如介入課程、測驗評估、實驗控制、方案元素建制等。此外，影響研究結果信效度的部分也應清楚描述，例如隨機取樣的安排、等組控制的策略、排除可能干擾因素的做法等等。

4. 變項的屬性：例如自變項、依變項等，有哪些變項，其尺度各自如何等。

5. 研究設計圖：研究設計常以繪圖呈現，其中預測與差異以單箭頭呈現變項的關係，相關變項間則以雙箭頭呈現。圖 4 是作者在 2022 年國家科學及技術委員會委託研究計畫案（陳麗如，

2022）之研究設計範例。

上乘功夫

橫斷研究與縱貫研究

如果今天要研究「一個現象在不同時間內的變化」有二種做法，第一種是對同一群體在不同的時間點去進行研究，因此同一群樣本要接觸二次以上。但如此將消耗研究者相當長的時間，且有很大的機會研究未完成即流失許多樣本。為節省研究時間與精力，第二種做法是同時選取不同年齡的樣本，看不同年齡的差異現象，藉以了解不同時間條件的變化。第一種即為縱貫研究，例如對小二的樣本每年做一次訪談，一直到他們小六時共訪談五次，歷時五年。第二種即為橫斷研究，例如在一年內同時訪談小二、小三、小四、小五、小六的學生。

圖 4　研究設計圖（範例）

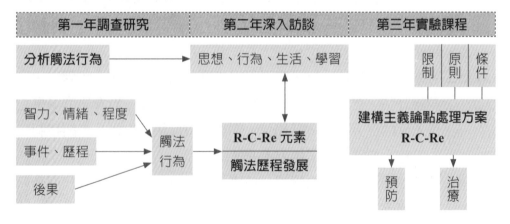

貳、功夫修練

　　變項關係著研究假設的建立，也影響後續資料分析的方法。請以表 17 找碴練習準確認識各種研究變項，並於表 18 中填入相關資料，以呈現你的實驗設計。

表 17　變項認識之找碴練習

錯誤敘述	修正
1.「控制溫度後觀察體積的變化」，則控制變項是溫度	溫度是自變項也是操弄變項，依變項是體積
2.「有理論指出女童學習語言的效果明顯優於男童，則研究只做男童，以了解語言訓練課程時間對語言進步的效果。」性別是自變項也是控制變項，語言訓練課程時間是依變項	語言訓練課程時間是自變項，語言進步情形是依變項；性別是外在變項及干擾變項，也是本實驗中的控制變項
3. 承上，為了了解「語言訓練課程的研究結果是否適用在女童上」，應該了解內在效度是否是高的	因女童不是本研究對象，所以應探討的是「外在效度」

找碴程序：閱讀錯誤敘述欄後先嘗試從中修正，再參看作者的修正。

表 18　作業：實驗設計

實驗研究主題：							
自變項	依變項	控制變項	選取樣本方式	分派各組方式	實驗設計類型	內在效度	外在效度
					○ 真實驗 ○ 準實驗 ○ 非實驗	○ 有效處理干擾變項 ○ 適當的取樣方法 ○ 說明無法有效控制干擾變項之研究限制	○ 可推論至其他群體 ○ 可推論至其他事件 □ 不適當的推論敘述

作業程序：設計一個實驗研究，去思考其中的元素，評斷這是一個什麼樣的實驗類型，以及評估這個實驗之內外在效度如何。

第八道功夫｜英雄好漢聚一堂
──研究對象與取樣

研究企圖以取樣代表這個研究對象的狀態，抽取樣本時要掌握樣本能否呈現母群體的縮影。

壹、功夫祕笈

釐清母群體、研究對象與研究樣本的概念，以及在寫作中正確描述運用，是此處要練就的功夫。

一、研究對象與研究樣本

除非是普查研究，否則研究對象與研究樣本是二個不一樣的族群：

1. 研究對象：研究對象是指要探討的那個母群體，未來研究結果所發現的現象即在描述這個母群體的現象。

2. 研究樣本：如果能對母群體中的每一個個體進行探究是最好的研究取樣，然而因為時間、經費及精力等關係，研究者無法對母群體裡的每一個人、物質或現象進行探討，因此只好「抽取」母群體中的部分成為「研究樣本」進行探討，然後從樣本的狀態「推論」至母群體的狀態。這小群樣本是否能適當代表母群體的狀況便關係著研究結果的效度，因此研究中要關注如何抽取及要抽取多少數量的樣本。

二、選取研究樣本方法

不適當的取樣會導致研究結果的誤差，即取樣偏誤。「取樣偏誤」相較樣本數量不足對研究產生的不良影響更大，其情形包括：(1) 取樣的方法和程序不適當；(2) 樣本數量過少；(3) 母群體的資料與研究問題無關、過時或不完整等，就無法準確掌握母群體的狀態，導致難以準確設計取樣工作。

選取研究樣本有幾種常見方法，包括：

(一) 普查 (census; general survey)

蒐集母群體內的每一個樣本資料進入資料分析，其統計結果可直接敘述，不需要「推論」。但除非是一個小的母群體，或有政府的資源，一般研究者難以做到普查，因此會進行抽樣：從母群體中抽取部分樣本進行研究，其方法可約略分為隨機的及非隨機的。

(二) 隨機抽樣 (random sampling)

群體內每個樣本是獨立無關聯，他們被選取到的機率是相同的，常見的包括：

1. 簡單隨機抽樣（simple random sampling）：研究者在抽取樣本時沒有預設立場，母群體內任一個體被抽為樣本的概率是一樣的。方法如籤筒抽樣、亂數表抽樣，或以網路上或 App 的亂數產生器進行抽樣。

2. 分層隨機抽樣（stratified random sampling）：先將母群體分出次母群，然後再對各個次母群分別實施隨機抽樣。如果研究的樣本數不多，分層隨機抽樣方法更有機會使所得到樣本的樣態與母群體的樣態相似，更能代表母群體。在做分層時最好能依據研究探討的「自變項」設定分層的類別。例如「不同地區及

障礙類別學生」是研究的自變項，則取樣時先分「區域」及「障礙類別學生」次母群，再從每個次母群中隨機抽取樣本數（參看表 19）。

3. 叢集抽樣（cluster sampling）：先將母群體分出小群集，再以小群集為抽取單位，隨機抽出數個小群集為研究樣本。由於群集間的變異小，群集內的變異大，每一個小群集均可視為母群體的縮小樣態。例如全校若為學業成績常態分班，則其中任何一個班級均可視為是該校該整個年級學業成績分布狀態的縮影，則若要做知能相關的研究可以從中抽一個或幾個班級，以那些班級的學生為樣本進行探討。

4. 系統抽樣（systematic sampling）：先隨機抽取第一個樣本，而後每間隔一定量抽取一個樣本。此法很適用在同質性較高的群體。

表 19　分層隨機抽樣（範例）

	北部		中部		南部		東部		小計	
	分布情形[a]	抽取人數[b]	分布情形	抽取人數	分布情形	抽取人數	分布情形	抽取人數	分布情形	抽取人數
智能障礙	2,798	140	2,597	130	2,799	140	441	22	8,635	432
自閉症	5,366	268	1,461	73	2,166	108	367	18	9,360	467
多重障礙	387	19	235	12	211	11	45	2	878	44
肢體障礙	201	10	131	7	140	7	25	1	497	25
身體病弱	308	15	96	5	209	10	40	2	653	32
其他障礙	260	13	90	5	725	36	19	1	1,094	55
總計	9,320	465	4,610	232	6,250	312	937	46	21,117	1,055

[a] 母群體分布人數依教育部特殊教育通報網之資料計算取得 2022 年之資料。

[b] 抽取人數為母群體分布人數之 5%。

（三）非隨機抽樣（non-probability sampling）

可能受到研究者主觀經驗和判斷、研究者的關係網絡等因素影響，使得母群體內每個樣本被抽取到的機會不相等。常見的非隨機抽樣包含：

1. 便利抽樣（convenient sampling）：又譯爲「方便抽樣」，樣本是研究者方便容易取得的。許多人文社會領域研究受限於時間、資源、經費等因素，當其他比較理想的抽樣方式難以抽取足夠的樣本數的時候，便常選取最容易接觸的人參與研究，即爲便利抽樣。

2. 滾雪球抽樣（snowball sampling）：從目標母群體中先蒐取幾個樣本資料，之後再由這幾個樣本推薦其他個案，進而陸續取得其他樣本。此抽樣方法很適合在研究對象是較特殊的母群體，研究者較難取得樣本時。

3. 立意取樣（purpose sampling）：研究者依據對母群體的了解，以主觀判斷哪些樣本可以代表母群體，或哪些群體能夠提供最佳或最多的資訊來達成取得研究資料的目標，因而將他們納入研究樣本。此法尤其適用於質性研究個案的抽樣。例如研究者想了解大學生憂鬱症的發病歷程，則會刻意從學校諮商輔導中心去取得憂鬱症的學生樣本進行探討。

三、研究樣本抽取數量

樣本數量的決定可以有幾種考量向度（吳明隆、涂金堂，2011；Acar, 2019; Hoofs et al., 2018; Luh & Guo, 2011; Ranjit, 2014; Sudman, 1984）：

1. 研究範圍考量：研究對象的範圍若爲全國性研究，最理想的樣本數爲 1,500-2,500 人；若爲地區性研究，最理想的數量爲

500-1,000 人。

2. 考量母群體本身的大小後決定：母群體超過 5,000 人，建議至少抽取 400 個樣本，如果能取得 500 個樣本則更理想。

3. 問卷題目數量考量：以最多題目的分量表之題數為依據，乘以 3-5 倍或 5-10 倍的樣本數。

4. 依據使用統計分析的需求決定樣本數：

(1) 敘述性統計研究：占 10% 左右的母群體為樣本數，若母群體較小，則建議取得 20% 的母群體數。

(2) 相關研究：至少有 30 個樣本數。

(3) 比較研究：例如實驗研究中比較實驗組和控制組，每組至少需要有 30 個樣本數。

(4) 因素分析：至少需要有 100 個樣本數，如果有 300 個樣本數則更理想。

(5) 質性研究：樣本數量可較少，多以資料達「飽合」（saturation）狀態為原則，即：研究參與者所取得之資料不會因為樣本數增加而增加。意即只要研究仍能發現新的資訊，就持續蒐集資料，直到無法獲得新的資料，則再取得的資料已經不會對研究結果產生變化，便可宣稱資料已達飽合而終止蒐集研究資料。

(6) 考量信賴區間（confidence interval; CI）和抽樣誤差（sampling error）：多數研究將信賴區間設定為 95% 或 99%，抽樣誤差設定為正負 3% 之間，再透過母群體數量計算出合理的研究樣本數。國內外有許多統計諮詢單位架設程式以計算出建議樣本數，分享予需要的研究者，例如 Survey Monkey（2023）的「樣本數量計算器」，輸入相關資料即可計算出建議的樣本數。

───────── 上乘功夫 ─────────

信賴區間 & 抽樣誤差

信賴區間意思是有多大的信心說該論述是正確的，以抽樣而言，「可從樣本狀態來準確推論母群體狀態的信心程度」。取樣若偏態或樣本太小則會影響這個推估的準確程度（黃文璋，2006）。

抽樣取得的樣本狀態可能會偏離母群體狀態，其間的差距即為抽樣誤差，常以正負數值表示，是指藉由樣本推論到母群體時因為誤差而出現的數值範圍。例如將信賴水準設定在 95%，表示有 95% 的信心說母群體的狀態會落在樣本所得到的「估計值 ± 抽樣誤差」的範圍（見第七道功夫）。

四、撰寫研究對象與樣本

在研究對象與樣本的段落裡要清楚描述母群體的屬性，以及樣本抽取的過程。

1. 母群體的狀態與條件：界定清楚母群體的條件，如果可以蒐集到母群體的相關分布資料更好，包括母群體的區域範圍、母群體的特質、母群體的數量等等。正確掌握母群體的狀態，將有利於樣本的抽取規劃。部分研究可以從政府官方通報系統的統計資料取得母群體的資料。

2. 抽樣的方法：包括運用哪一種抽取方法，例如隨機抽樣、便利抽樣等等，如果可能，也要描述樣本占母群體數的比例。

3. 樣本來源：描述樣本如何取得，可能是購買、向哪個單位借用，或是從哪一個資料庫取得等。例如從事生物領域的研究時，需要說明依法取得之生物來源，並附上研究切結書、同意書等。

4. 樣本的條件：包括樣本需要具有什麼樣的條件及要排除哪些條件等。例如要調查社會人士的咖啡品味，則研究樣本多會設定樣本具有咖啡飲用經驗；並且如果是對消費者進行研究，則可能會將咖啡銷售相關人員排除在樣本之外。

5. 樣本回收率：一個嚴謹的研究工作在研究樣本選取時即會設定嚴謹的抽取規則與歷程，例如分層隨機取樣、抽取母群體的比例等。如果原預計取得的樣本或資料缺失，則會使預期樣本樣態變形，此時研究結果就會受到一定的質疑。因此描述樣本回收率可以提供讀者對本研究的解讀。但有時候描述樣本回收率是沒意義的，例如如果研究本來就是方便取樣（已經不是常態了），或者研究無法掌控發出的資料（例如網路調查）則無法計算回收率。

貳、功夫修練

在研究對象與樣本一節中應描述幾個重點，如表 20。而許多初學者未能準確認知母群體和樣本的意義，此處以表21進行找碴練習。

表 20　研究對象與樣本之運用檢核

元素	內涵	技巧／修正
1. 研究對象	□ 研究對象和研究樣本描述錯誤 □ 未掌握母群體樣態或特質	1. 認識研究對象與樣本之意義 2. 描述再精準 3. 進行表 21 之練習
2. 研究抽樣	□ 抽樣超過母群體範圍。 □ 抽樣範圍太小 □ 樣本數量不夠	1. 在母群體中抽樣 2. 擴大樣本涵蓋範圍 3. 增加樣本數

元素	內涵	技巧／修正
3. 撰寫研究對象與樣本	○描述母群體狀態與特質 ○描述抽樣之立論，包括隨機的方法或抽樣之設計依據 ○描述納入研究樣本之方法與原則 ○描述排除研究樣本之方法與原則	1. 認識抽樣理論及方法 2. 釐清母群體的條件 3. 確認影響研究效度的樣本條件

○為適當的呈現　　□為需要修正的部分

註記：有做好的打 ✓，做不到的 ✗。

表 21　研究對象與樣本之找碴練習

	錯誤敘述	修正	說明
1.	本研究抽取 120 位研究對象進行資料分析	• 本研究從母群體（或研究對象）中抽取 120 位樣本進行資料分析	母群體＝研究對象 抽取的是樣本
2.	本研究從母群體中抽取 10 位自閉症類群學生成為研究對象	• 本研究從母群體中抽取 10 位自閉症類群學生成為研究樣本	
3.	抽取 10 位學生成為預試對象，進行預試問卷填寫	• 抽取 10 位學生成為預試樣本，進行預試問卷填寫	
4.	研究對象填寫問卷後即刻贈與填寫禮物一份	• 研究樣本（或受試者）填寫問卷後即刻贈與填寫禮物一份	研究過程接觸的是研究樣本
5.	本研究目的在探討新竹市國中學生之數學學習困擾，首先抽取新竹市 3 所國中 1 所高中共 60 位學生進行預試問卷調查	• 本研究目的在探討新竹市國中學生之數學學習困擾，首先抽取新竹市 4 所國中共 60 位學生進行預試問卷調查	母群體是國中生，正式樣本或預試樣本均應在國中生群體內

	錯誤敘述	修正	說明
6.	本研究將個案分層隨機分派至母群體中進行實驗探討	• 本研究將母群體分層後進行分層隨機抽樣 • 本研究將抽取之樣本隨機分派至不同組別進行實驗探討	母群體可分層但無法被分派
7.	為了解高雄市國中生的升學壓力所呈現的情緒狀況，本研究至高雄市各醫療機構心智科門診招募研究調查樣本	• 為了解高雄市心智科求診之國中生因升學壓力所呈現的情緒狀況，本研究至高雄市各心智科門診招募研究調查樣本	取樣偏誤：調查樣本應來自整體母群
8.	〔A 校為成績分班之學校〕本研究抽取 A 校的升學班為研究樣本，探討 A 校國二學生的專注力表現	• 〔A 校為成績分班之學校〕本研究抽取 A 校的升學班為研究樣本，探討 A 校國二升學班學生的專注力表現	因為非常態分班，以班級抽取會有取樣偏誤疑慮
9.	本研究結論研究樣本具有高的生涯行動力	• 本研究結論研究對象具有高的生涯行動力	結論應對母群體描述

找碴程序：閱讀錯誤敘述欄後先嘗試從中修正，再參看作筆者的修正及原因說明。

第九道功夫│功夫堆疊 —— 研究流程

研究流程或者以「研究步驟」描述，就是把研究的歷程寫下來。

壹、功夫祕笈

研究過程可以流水帳方式記錄後再刪除廢話、贅述，以精簡描述加上說明。

一、研究流程

研究流程在告訴讀者是如何進行研究的，任何關鍵步驟都應進行描述，尤其對研究信效度有關鍵性影響的部分更應完整描述。

二、甘梯圖

甘梯圖（Gantt chart）或譯為甘特圖，常用來管理工作進度。在研究工作上，常在提及計畫時讓指導教師或論文計畫的審查委員了解研究者預計進行各階段研究工作的起始與終止時間，也有助於監控自己各時段內的研究任務。研究者若熟悉 Excel 的繪圖設計，則可以藉以做更好的研究行程管理。若是一份研究結果報告，則因為已完成研究工作，就不會有甘梯圖的呈現。表 19 可了解一份甘梯圖通常含有幾個元素：

1. 時程：可以為月次、雙月次，也可以為週次，或直接標記具體的日期時段。

2. 工作項目：可以將研究流程直接規劃入工作項目中。有的研究者會將一開始的計畫工作內容也列入，例如題目確定、前導研究（pilot study）、論文計畫口試等。

3. 工作持續時間：通常以直條圖呈現，可以清楚地了解工作預計進度的時間長短。研究者若如前述會將提出計畫前的工作內容也列出，在已完成的部分可以用不同的線條形式區別。

4. 進度百分比：是單位時程內的工作百分比。例如表 22 中總共有 20 個單位長度，則每一個單位長代表要完成 5%，因此可以算出每個月大概的工作量。

5. 累積進度百分比：將每個單位時程內的研究工作進度進行累加，最後一個時程則為完成 100% 的工作量。

上乘功夫

前導研究（pilot study）

　　針對某一研究進行試探，目的在對整個研究進行初步的了解，評估研究的可行性、需要花費的大約時間、取樣的措施、成本的預估等等，藉以訂定適當的變項與方法，以便使研究設計更周延且務實可行。許多研究者會在研究計畫完成時已完成前導研究，在進入正式研究之後減少阻撓而能更順利地進行研究。

　　若是實驗研究，則前導研究也可稱為前導實驗（pilot experiment）。

表 22　研究執行進度（範例）

工作項目 ＼ 月次	第1月	第2月	第3月	第4月	第5月	第6月	第7月	第8月	第9月	第10月	第11月	第12月
1. 方向與題目確定	▪▪▪											
2. 前導研究		▪▪▪										
3. 研究計畫撰寫	▪▪▪	▪▪▪	▪▪▪									
4. 發展問卷初稿			━━	━━								
5. 招募海報及宣傳單				━━								
6. 選取受測樣本					━━							
7. 正式施測					━━	━━	━━	━━	━━			
8. 問卷重測							━━					
9. 資料整理									━━	━━		
10. 資料分析											━━	
11. 撰寫研究報告						━━					━━	━━
進度百分比	7	10	8	10	10	10	10	5	10	5	10	5
進度累計百分比	7	17	25	35	45	55	65	70	80	85	95	100

註：▪▪▪ 表已完成；━━ 表未完成。

三、撰寫研究流程

　　論文寫作若有足夠的篇幅，會將研究過程描述得很詳細並繪製研究流程圖表說明。有的學位論文甚至會描述某個步驟執行的起迄日期。若在篇幅有限的期刊，則僅須清楚描述對於研究信效度會有關鍵影響的步驟。圖 5 是作者在 2022 年國家科學及技術委員會委託研究計畫案（陳麗如，2022）之實驗流程圖範例。

圖5　實驗研究流程圖（範例）

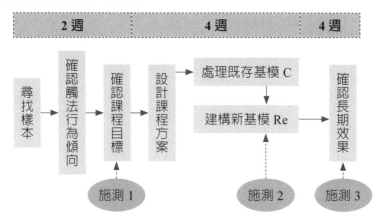

貳、功夫修練

　　學習者可以參考表22，並以表23的空白甘梯圖規劃撰寫研究的期程。

表 23　作業：研究執行進度甘梯圖

工作項目											
1.											
2.											
3.											
4.											
5.											
6.											
7.											
8.											
9.											
10.											
11.											
12.											
進度百分比											
進度累計百分比											100

作業程序：思考自己研究流程中的重要步驟後，仿表 22 繪製甘梯圖。

第十道功夫│武林祕笈
——**研究工具**

透過適當的工具才能得到研究結果，它可以是一臺儀器、一套軟體、一個課程，尤其常見的是一份量表或問卷。此外，在質性研究中則常見的包括訪談指南（interview guide，或譯訪談大綱）、觀察指南，以及研究者本身也是個研究工具。

壹、功夫祕笈

科學研究希望盡可能準確溝通訊息，若研究主題包括抽象的概念，便需要藉由科學歷程做訊息的準確傳達，其步驟包括：(1) 將研究要探討的抽象構念概念化；(2) 進行概念性定義；(3) 進行操作型定義；(4) 發展具體指標以準確量測；(5) 將具體指標改寫為題項，組成為一個工具。研究工具一節需要描述研究中會用到的工具，以讓讀者相信本研究的結果是準確可以信賴的。

一、運用現有工具

如果能取得研究適用的現成工具則可以省去許多的精力與時間，可能有如下的管道：

1. 購買已出版且販售之工具：原則上，採購已出版的銷售工具運用，就沒有版權的疑慮。例如出版社販售的量表、繪本，或軟體公司出售的套裝程式等。

2. 未販售但已出版之工具：如果採用已出版而有管理者的工具，則與管理單位接洽或直接詢問作者版權所在，並進行後續授權事宜。例如臺灣師範大學特殊教育中心管理許多大學教師受教育部等單位委託研究開發之評量工具。

3. 未販售且未出版之工具：未出版販售的現成工具則為發展者個人的智慧財產，一定要徵得原發展者的同意，取得書面授權同意書。例如碩博士論文或各研究案內研究者所發展之問卷或教材等工具。

二、自己發展問卷／工具／課程

自己發展問卷或方案等，則版權屬於研究者自己，其編製流程大致相同，以下以問卷為例：

1. 蒐集題項：以文獻探討、研究者經驗、先前研究資料、開放問卷調查或訪談樣本，蒐集現象或概念，並發展題項。

2. 專家審查：藉由專家的專業見解審查所發展之研究工具的內容，即在建立「內容效度」。做法是將初編擬之問卷，附隨研究目的、編擬依據，寄發專家學者 5 至 7 人進行問卷形式、敘述及內涵之審查。其中專家可分為二類，一為相關學術領域鑽研有成的學者，二為實務經驗豐富的工作者。

3. 審查者意見與整理：將審查者意見進行整理並列表，以修正內涵，並特別檢視內容順序的呈現及詞句敘述，以減少填寫者偏誤，有效控制資料的共同方法變異問題（張偉豪，2011）。

4. 試作：從母群體中抽取一些樣本進行問卷初稿試作，由參與者回饋問題後修正成為預試版本。

5. 預試：抽取預試樣本進行預試問卷填寫，以進行項目分析。

6. 正式版本：經由項目分析刪除或修飾不適當題項或內容，成為

正式版本。

7. 信效度建立：透過專家審查及問卷分析取得問卷之信效度。

問卷內容可能包括：

1. 問卷名稱：避免帶有令填寫者不舒服的用詞。例如「欺騙行為問卷」可能會讓部分樣本看了不舒服直接拒填而流失樣本，此時如果改為「行事風格問卷」則可能遇到的阻撓較小。

2. 問卷說明頁：通常置於問卷的最前面，說明本問卷之目的、形式、填寫注意事項、問卷編製者或研究者、指導教授、問卷回寄資訊等等，另也可以一兩句話描述本研究對研究參與者所遵守的研究倫理事項。

3. 基本資料：除了填寫者或研究樣本屬性資訊外，另包括研究中要探討的屬性自變項，例如年齡、教育經驗等。

4. 探討內涵：呈現研究的重要概念，並以適當的問題形式進行調查，例如檢核題或勾選題、點量表、排序、簡答、問答等等。

三、儀器、材料與設備

常見器具例如量測的尺、體重計、試紙、量杯等，因為是常見且具有公認量尺的器具，不必花太多篇幅描述。此外，實驗室器材也是常見的研究工具，可能包括專有器材，例如眼動儀、跑步機、自製材料等，這些則應描述其功能、材質、規格、型號、產出日期等。

四、課程

若是以課程或方案為實驗介入的材料或評核效果的重要項目，則必須清楚描述，例如其內容架構或實施原則等，且最好列出簡案或課程大綱。此課程的編製依據及信效度也應在研究工具一節中清楚描述，否則難以釐清研究結果是否受課程本身的影響。

例如如果研究要探討「繪本教學與傳統教材教學提升兒童遵守教室規範之成效差異」，若課程不能引起學童的學習動機，則很難看到繪本教學的成效。又如果這結果是有效的，那麼究竟課程的關鍵效果是教材（繪本）、課程本身或是教學者的技巧？這些都是在工具選擇及研究設計時應考量後清楚撰寫。

五、訪談指南

訪談可分為三種：(1) 結構式訪談（structured interview）：有具體的訪談結構，事先設計好問題，並在時間、環境、訪談中的用字遣詞等具有明確的規劃；(2) 非結構式訪談（unstructured interviews）：未事先規劃具體的訪談內容，在訪談過程中隨著受訪者的反應及回應內容而有不同的訪談內容與方向；(3) 半結構式訪談（semi-structured interviews）：介於結構式與非結構式訪談之間的訪談形式。研究者在訪談過程運用一系列預先設定的問題方向蒐集資料，即訪談指南。在質性研究中的深度訪談或焦點團體訪談工作，以後二者為主（蕭瑞麟，2020）。

訪談指南主要目的是避免在訪談過程中太散漫而可能影響研究資料的蒐集成效。但即使是結構式的訪談指南，研究者對所有的受訪者都詢問相近的問題方向，但並非以嚴格口語的問題或形式進行訪談。在編製訪談指南時也會邀請該領域的專家進行審查，以掌握可以依研究問題的探討方向執行訪談任務。

六、研究者

若是質性研究，必須進行質性資料分析，其信效度較難如量性研究一樣被信任。研究者在質性研究中有較大的分析主導角色，因此成為研究中很重要的工具。研究者是否能展現公正能力為研究成果信效

度的關鍵，因此需要描述研究者本身在質性研究工作上的能力、經驗等，讓讀者信任研究者是一個可信有效的研究工具。例如有修習過幾學分的質性研究課程、曾經擔任哪位教師的研究助理工作，或處理過多少件質性資料分析工作等。

七、工具信效度建立

工具的信效度應描述於論文中，可能包括如下：

1. 內容效度（content validity）：是指工具內容是否能達到要量測或要實施的目的，常常由研究者及該領域之專家進行效度評估。

2. 鑑別效度（discrimination validity）：一份工具如果能準確地分出評量目標的高低程度，就具有高的鑑別度。例如一份時間管理評量表能準確分出時間管理好的人及時間管理不好的人，便具有高的鑑別度，否則鑑別度就低。

3. 構念效度（construct validity）：可以說工具內容能量測到整體目標概念的程度。例如研究者編製了 21 題的快樂評量問卷，這 21 題占所有快樂概念的 80%，那麼這個量表就具有高的構念效度。構念效度常常以因素分析了解研究工具涵蓋的構念，即找出總變異量中存在相關特質的變異量大小。

4. 效標關聯效度（criterion-related validity）：將研究工具與現成的知名或已出版之有效工具連結，藉由分析二者的關係了解其間的相同功能程度。如果同一群受試者在二者的得分相關高，代表編製的這份工具也有一樣的效度。

5. 重測信度（test-retest reliability）：在人文社會領域中對研究概念的量測常常不如自然科學穩定，主要因為受試者的個人因素，包括心情、人格特質等可能會因為時間、當時的經驗（例

如早上剛被母親訓斥過），而對一些訊息的認知或解釋等有不穩定狀態。因此會將同一份工具經過一段時間後再做一次測試，藉由二次的相關分析以了解受試者對問題的想法是否穩定。故重測信度又稱為「穩定信度」，而其重測的間隔時間將依評量的目標與研究對象而異。例如對青年學生測情緒表現的概念性問題常間隔三週，但針對兒童的專注力反應等量測，考量兒童成長快速發展因素，則可能間隔二週即可。

6. 折半信度（split-half reliability）：如果受試者對測試的內容會有記憶的效果，以重測信度便無法了解其題目本身的穩定度。於是將題目分成兩半（常以奇數題為一半、偶數題為另一半）進行相關分析。此做法特別適合認知方面的評核工具，而其題目若有難易之分，則最好依易難程度或難易程度排序後再折半。

7. 複本信度（alternate-form reliability）：二份工具編製完全一樣的內涵，包括同樣形式、同樣題數、同樣難易度或同樣構念分布等，測試同一群樣本後進行相關分析。例如算術測驗題，二份測驗的第 1 題都是個位加個位不進位，第 2 題都是十位加十位進位，第 3 題都是百位加百位不進位，兩份測驗都各有 23 題等。

8. 內部一致性信度（internal consistency reliability）：內部一致性常以 α 係數表示，指一件工具內的每一個項目都有共同內涵，或說在描述共同事物的一致程度。例如一個問卷共有 10 題，每一題都是在描述「網路沉迷」，那麼這一個問卷的內部一致性是高的。但是，如果這個問卷每一個問題都是在評量「學業成績」而不是評量「網路沉迷」情形，那麼這個問卷雖然有高的一致性，但其效度就不高了。所以「有高的信度不一

定有高的效度」。

八、撰寫研究工具

　　一個好的工具必須具有幾個條件，包括好的信度、好的效度、客觀及實用。無論是現成工具或自編工具，研究工具段落中要描述可以佐證這些條件的訊息，例如工具來源與版權取得、自編工具歷程、工具信度、工具效度、工具發展時間及其內容等。如果在學位論文或研究報告有較充裕的篇幅，會將自編工具的全貌置於附錄中，並在內文段落中引導讀者至附錄參閱。

貳、功夫修練

　　問卷為常見的研究工具，研究者可藉由表 24 思考在編製時如何將研究問題具象化，並以表 25 嘗試規劃編製問卷的流程，同時藉由表 26 習得敘述題項要注意的一些技巧。

表 24　作業：編製問卷 —— 研究概念具象化

問卷名：		
研究變項：	測量形式：	
研究問題	**概念／內涵**	**指標**

作業程序：寫下研究問題，思考這些問題中的概念或內涵，為這些概念和內涵設計出具體的指標；同時思考問卷名稱、研究中的變項，以及其測量形式（例如五點量尺、勾選、簡答等）為何。其中研究變項也成為問卷中必須設計的題項。

表 25　作業：自編問卷之流程

任務	填寫／勾選	
研究題目		變項：
工具名		○避免令填寫者不舒服或拒答
工具測量目的		
工具測量之概念與指標	1. 2. 3.	來源： ○理論　○法規　○文獻 ○前人研究結果 ○前人研究工具之題項 ○研究者經驗 ○專家　○訪談　○開放問卷
各項題目		○敘述適當等（見表 26）
題目篩選與保留（項目分析）		○試作回饋 ○專家審查 ○預試 ○項目分析選題 ○鑑別度篩題
信效度		○內部一致性信度 ○重測信度 ○折半信度 ○複本信度 ○內容效度 ○鑑別效度 ○構念效度 ○其他：

作業程序：填寫或勾選自己編製問卷的工作計畫。

表 26　問卷題項敘述之找碴練習

針對以下各敘述找出不佳的用詞。		範例：情緒表現度評估問卷	
題項	**不佳狀態**	**修正題項**	**技巧／修正**
1. 我常常很快樂	抽象	我每天微笑三次以上	可量化
2. 我平時對人不常不點頭微笑	雙重否定	我平時對人會點頭微笑	正向詞句敘述
3. 我覺得哭泣並不會解決問題	否定詞易受忽略	我覺得哭泣並**不會**解決問題	否定詞加底線或粗體，避免填寫者漏看而錯答
4. 我的功課一直不太好	與題意無直接關聯	〔刪〕	可藉由「專家審查」判定其中關聯
5. 我遇到沮喪的事不會感傷太久，頂多難過 3 小時就回到平復的情緒	單題敘述太長，且含重複概念在其中	我遇到沮喪的事頂多難過 3 小時就回到平復的情緒	一個題項敘述一概念
6. 我遇到挫折時會對我的小狗訴苦	非普遍的情境	我遇到挫折時會對一個物品或寵物訴苦	對於沒有養小狗的受試者無法回答
7. 你認為自己是位快樂的人	主詞運用不一致	我認為自己是位快樂的人	同一份問卷題項主詞一致
8. 我常常使用後設認知策略進行情緒的管理	專有名詞不普及影響受試者準確回答	我常常能覺察到自己的情緒狀態	儘量用簡單日常之用語，或予以名詞解釋
9. 我是一位會自我安慰的人	詞語難以做特定指事	我有不錯的自我安慰技巧；我時常運用一些方法安慰自己	將可能有多重意義的敘述再修飾
10.我覺得自殘的人實在很笨	使用含有貶抑的字詞	我覺得自殘是不理性的行為	呈現中性敘述

找碴程序：閱讀題項欄後先嘗試從中修正，再參看作者指出的不佳狀態，再次思考
　　　　　如何修正，再參看修正題項及技巧。

第十一道功夫│見樹或見林
──資料分析

　　錯誤的分析方法會導致錯誤的研究結果，使結論誤導讀者，研究者不一定要會統計方法，因為目前有許多套裝軟體幫助使用者計算分析，但必須有正確的統計概念，才能正確選用統計方法及正確解釋研究結果。一般資料分析可分為量性資料分析及質性資料分析，本道功夫將予以分別描述。

壹、功夫祕笈

一、量性資料分析媒介

　　有許多資料分析工具可用予量性的研究統計，例如：

1. 工程計算機：是最簡單且最傳統的統計器具。

2. Excel：常用的資料整理軟體，可以做許多基礎的統計分析，也可以呈現各種初階的統計圖表。

3. 統計套裝軟體：許多統計套裝軟體涵蓋初階到高階的各種統計方法，常見的如 SPSS（Statistical Product and Service Solutions，統計軟體與服務解決方案）、SAS（Statistics Analysis System，統計分析系統）、AMOS（Analysis of Moment Structures）等。

4. 分享／自寫軟體：網路有公用的分享軟體或程式，若研究者恰巧可以應用在研究中則可以確認版權後運用。但如果不是常見

的程式，或研究者自己設計的計算公式，則應在論文中描述其中公式、軟體使用形式等。

以上，如果是現成且常用的工具最好可以註記版本或出版廠商。

二、量性資料分析方法

量性資料分析常藉由統計分析來完成，好的研究不一定要運用高階或複雜的統計方法，資料分析方法的選擇完全取決於研究問題與研究設計。

1. 描述統計：以簡單的統計描述變項的狀態，常用的例如平均數、中數、眾數、總和、標準差、最大值、最小值等，將會依變項屬性而有使用的限制（見表 27）。若是普查不須用推論統計，則通常以描述統計呈現研究結果。

2. 比較分析：為了比較而做的統計分析，例如比較各組中的高低程度。常用的統計例如 t 考驗（t-Test）、ANOVA（analysis of variance，單因子變異數分析）、MANOVA（multiple analysis of variance，多變量變異數分析）等，也會因應研究需要以 2×2 二因子變異數分析等方法進行統計。在達到統計顯著性後並會進行事後分析（post-hoc analysis）。

3. 關聯分析：了解變項間所存在的關係，有關聯的變數具有二種可能，一為相關性（correlation），常用如 Pearson 積差相關分析，另一為預測關係（causation），常以迴歸分析。其中對後者的解釋要更小心，因為是預測一定有關聯，有關聯不一定具有預測關係。所以有時候迴歸分析的結果常會以「關聯」解釋較為保守。

4. 因果分析：某變項對另一變項具有影響，或該一變項對另一變項具有預測力。通常必須藉由實驗操弄了解實驗介入前後的變

化才能得出因果的關聯。可能以 t-Test、ANOVA 等分析。

5. 其他：例如無母數統計（nonparametric statistics）、迴歸分析（regression analysis）等，以及如結構方程模型分析等高階統計分析。

表 27　各種變項屬性之常用統計方法

屬性	數學運算式	集中量數	離散量數
名義	= ≠	眾數	
次序	= ≠ > <	眾數、中位數	分位點
等距	= ≠ > < + -	眾數、中位數、算數平均數（M）	分位點、最大／小值、全距、標準差等
比率	= ≠ > < + - × ÷	眾數、中位數、算數平均數、幾何平均數等	分位點、最大／小值、全距、標準差等

───── 上乘功夫 ─────

母數統計（parametric statistics）與非母數統計

母數統計用於自然狀態的分布，有幾個假設：常態性假設、獨立性假設、變異數同質性假設；無母數統計則不具有母數統計所存在的基本假設，常運用如「卡方考驗」（chi-squared test）統計。

迴歸分析

迴歸分析主要藉由一個方程式去了解某變項預測或解釋另一變項的效力，可分為簡單迴歸及多元迴歸。前者以一個自變項去解釋（預測）依變項的狀態，後者同時以多個自變項去解釋（預測）依變項的狀態。

三、質性資料分析方法

(一) 資料分析

質性研究常常運用歸納法進行內容分析（content analysis），企圖從蒐集資料的過程抽取訊息後歸納和發展概念、論述，以驗證研究預設的模式、假設或理論。質性資料分析與文獻探討的技巧及流程大致相同（見第五道功夫），一樣是從許多文字資料中截取訊息，其步驟可能如下：

1. 存檔：將資料存檔。
2. 建立文書資料：若取得的是錄音、錄影或筆記、檔案等，則將探討材料轉成文字存檔。例如常常將錄音內容謄成逐字稿。
3. 編碼：將書面資料中重要的概念檢核出來，並一一編碼。
4. 聚集與分類：將相近的概念聚集一起進行概念分類而成為許多聚集的概念。
5. 建立論述或模型：將聚集的概念整理成為論述，甚至是建立模型。

目前有一些質性資料分析軟體可以協助研究者加速非結構性資料分析的作業，例如 NVivo 等，但研究者還是需要具有邏輯分析及歸納綜整等能力才能整理出合理的科學研究結果。

(二) 三角驗證法(triangulation)

研究過程中如果只有研究者自己分析資料、自己得出結論，則很容易因為研究者個人過於主觀而導致錯誤結論，因此在蒐集與分析資料時，可採用多種形式的方法、資料來源，或多人一起進行資料處理，交互驗證後再得出結論。三角驗證有助於檢核與確定資料結果的穩定度與有效性，在質性研究中常以此方法呈現資料的信效度。

四、撰寫資料分析

資料分析段落主要是在描述對所蒐集資料的分析方法或統計方法，因此可能包括：

1. 量性資料分析：用什麼軟體或工具、用什麼統計方法、選定多少的統計顯著水準（α值）、有哪些自變項與依變項、缺失資料（missing data）的處理等等。
2. 質性資料分析：用什麼軟體或工具、用什麼樣的分析方法、缺失資料的處理、如何驗證信效度等等。

上乘功夫

缺失資料

樣本內的缺失資料會影響資料的完整性。就問卷而言，可能會有一致性地漏填或拒填，也可能出現隨機的漏答，這些狀況會影響研究所宣稱的樣本數量。例如樣本有 100 位，結果有 40 位樣本第一部分資料不齊，另有 20 位樣本第二部分資料不齊，則資料處理時就會有樣本資料偏離原計畫的狀況，以致影響信效度。因此研究者應描述資料遺失的狀態及如何處理。

貳、功夫修練

初學者在撰寫資料分析時常出現不自覺的錯誤，學習者以表 28 思考檢核可能犯下的錯誤，而表 29 則可依據自己的假設及其變項屬性規劃資料分析的方法。

表 28 資料分析運用之找碴練習

	錯誤敘述	修正	原因
1.	本研究對象為甲乙二班共 220 位學生，甲班學生的平均身高為 165cm，乙班學生的平均身高為 164cm。兩者差距小，因此未達顯著差異	本研究對甲乙二班共 220 位學生進行身高量測，結果甲班學生的平均身高為 165cm，乙班學生的平均身高為 164cm。顯示甲班學生身高確實比乙班學生身高高	普查的資料不應用推論統計，因此不會有「顯著差異」一詞
2.	本調查研究發現男女性別是導致語言課程成效的因素，結果顯示……	本調查研究發現男女性別在語言課程成效具有顯著差異，結果顯示……	問卷調查只能說差異或關聯，不能說因果
3.	本研究以 Pearson 積差相關分析是否曾有抽煙者與其壽命之相關	本研究以 t 考驗分析是否曾有抽煙者壽命長度之差異 本研究以 Pearson 積差相關分析每天抽煙量與其壽命長度之相關	是否有抽煙是類別變項，抽煙量是連續變項，前者不能以相關進行分析
4.	本研究以 ANOVA 分析每天抽煙量與其壽命之相關	本研究以 ANOVA 分析壽命長度是否因每天不同抽煙量而有差別	ANOVA 是用於差異考驗
5.	本研究以三角驗證法進行五點量表問卷題項統計	本研究以平均數及標準差了解樣本的分數分布情形	三角驗證乃用於質性資料處理
6.	本研究以網路表單進行資料蒐集，由熟識之親友轉發表單連結，預計取得 300 份問卷資料，終而取得 317 份資料進行分析，回收率為 106%	本研究以網路表單進行資料蒐集，由熟識之親友轉發表單連結，預計取得 300 份問卷資料，終而取得 317 份資料進行分析，取得資料為預期的 106%	網路資料若是開放性的徵求填寫者，無法掌握發出的數量，則無法計算回收率

找碴程序：閱讀錯誤敘述欄後先嘗試從中修正，再參看作者的修正及原因說明。

表 29　作業：依研究假設思考統計方法

假設	變項	屬性 [a]	範圍或分類 [b]	統計方法
一、	1. 自變項：			
	2. 依變項：			
二、	1. 自變項：			
	2. 依變項：			

作業流程：列出本研究的假設後寫出每條假設中的自變項與依變項，了解每個變項的屬性及界定其範圍，依以發展適用的統計方法。

[a] 類別、次序、等距、比率等（定義見第七道功夫）。

[b] 例如年級是含哪些年級、界定快樂之 5 個高低程度（非常快樂、有些快樂、普通、不太快樂、很不快樂）。

綜觀第三武林

此處將第三武林做一整理，以表 30 引導讀者檢視練就第三武林
之功夫。

表 30　研究方法撰寫檢核

元素	內涵	技巧／修正
1. 研究 對象 與樣 本	○ 正確描述研究對象與研究樣本 □ 研究對象與研究樣本描述不 　精準 □ 錯誤描述抽樣的類型 □ 研究樣本數量過低 □ 研究樣本抽取偏誤	1. 將概念一一挑出澄清 2. 認清母群體、研究對象、與研 　究樣本之意義 3. 認清取樣的類型、技巧、限制 4. 增加樣本數 5. 調整抽樣偏誤情形 6. 掌握母群分布後分層設計 7. 因抽樣限制可另於「研究討 　論」中討論，或表述於「研究 　限制」一節內
2. 研究 工具	○ 不差的信效度 ○ 來源清楚 ○ 版權無疑慮 □ 未描述信效度 □ 未經授權卻使用他人發展之 　工具 □ 研究工具過時 □ 信效度不佳 □ 工具的樣本屬性與本研究對象 　不同 □ 自編工具流程不明或不專業	1. 認識各種信度 2. 認識各種效度 3. 儀器：描述規格、型號等 4. 不採用信效度太低之工具 5. 認識版權之合法性 6. 取得著作者／編製者授權 7. 更換工具 8. 工具之編製樣本應與研究對象 　一致 9. 學習自編工具之方法

元素	內涵	技巧／修正
3. 研究流程	○ 步驟清楚 □ 程序步驟混亂或不合理 □ 關鍵程序描述不清 □ 篇幅有限，但描述過多非必要的流水帳 □ 研究計畫的甘梯圖無管理進度之功能	1. 口述怎麼做研究後謄寫再修正 2. 師長同儕閱讀後不知如何進行研究，則修改研究過程的敘述 3. 以時間序呈現流水帳後刪除贅詞或繁瑣步驟 4. 檢視重點並描述 5. 了解甘梯圖的製作
4. 實驗設計	○ 實驗設計合宜周全 ○ 實驗組、對照組、控制組等之分派方法得宜且敘述清楚 □ 實驗設計不符合科學研究	1. 認識實驗設計技巧 2. 認識實驗組別分派之適當性 3. 思考實驗設計的合理性與可行性 4. 降低實驗嚴謹度，例如改稱「準實驗研究」
5. 量性資料分析	○ 資料分析工具及版本適宜 ○ 使用與研究假設對應之統計方法 ○ 廢棄資料之定義與處理合理 □ 資料分析的運用未與研究問題或假設適配 □ 資料分析工具過時 □ 若運用少見之統計方法，未清楚列出算式 □ 不當分析方法而影響研究結果的正確性	1. 挑選合宜的資料分析工具 2. 資料分析方法可以得出本研究結果 3. 與研究假設呼應之統計方法 4. 若無法取得相對應的結果，調整統計方法 5. 自修統計方法 6. 諮詢統計問題 [a]
6. 質性資料分析	○ 資料分析方法得宜 ○ 運用三角驗證 □ 研究者之信效度未描述，或描述不佳 □ 未描述資料分析的運用 □ 資料分析方法描述不清	1. 與研究問題呼應之分析方法 2. 描述資料分析工具 3. 若無法取得相對應的結果，調整方法 4. 描述研究者質性研究之能力 5. 進修質性研究方法

[a] 可加入統計技術交流討論的網站或社群；或可接觸統計諮詢公司，但多要付費。

○為適當的呈現　□為需要修正的部分

註記：有做好的打 ✓，做不到的 ×。

第四武林

井底之蛙VS
武林世界觀

結果與討論

　　研究結果是指研究所得到的成果，可能是實驗數據、問卷分析資料、實地調查紀錄分析或數值模擬結果等。一個完整的研究結果應分兩階段呈現，第一階段是將自己研究的結果進行分析、綜整之後呈現；第二階段則是解讀研究結果或與其他訊息連結，即所謂的研究討論。

第十二道功夫｜功夫亮相
——結果呈現

　　無論是量性研究或質性研究，研究結果一節就是針對研究問題忠實呈現所分析發現的內容。

壹、功夫祕笈

以下描述研究結果的撰寫原則與架構：

一、結果呈現原則

1. 回答研究問題：每一個研究問題均須回答到。
2. 資料呈現：把蒐集資料轉成數字或文字訊息，並呈現研究樣本所推論到母群體的變項狀態。
3. 圖表運用：透過統計分析將結果繪製統計圖表，例如點狀圖、趨勢圖、各種統計分析摘要表等等，主要目的是協助讀者更快、更清楚研究結果內文的敘述。圖表的編號及標題置於圖表內容的上方。
4. 圖表與內文相應：如果研究結果中有圖或表，內文中一定要有相對應的敘述解說。
5. 簡潔清楚：不呈現非資料分析中出現的現象。
6. 特殊處理：尤其樣本量少時，一個極端值就會對研究結果的平均數等數值造成很大的影響。因此結果中若有出現極端值，應

清楚描述對部分極端值或特例的處理，是予以保留或排除，並說明處理的論點或理由。

7. 清楚區別引語：如果是質性研究的結果，常以陳述式的、圖像式，或情境式的描述，則要清楚呈現引用語句或文書資料的來源。可以編碼、不同字體或篇幅空間的變化等，有結構地呈現研究結果。

二、結果呈現架構

研究結果的呈現應井然有序，且具邏輯性，並要呼應研究問題。研究者可嘗試以各種架構呈現研究結果，可採用的架構有：

1. 依據研究問題一一回應：可一個問題列一節，或將同樣或相近的問題歸在同一節描述。

2. 以變項為主軸：可以研究的自變項為主軸描述，或以依變項為主軸進行撰寫。

3. 以研究結果的圖表為主軸：有時候一個圖表的呈現可能已回答了數個研究問題，則可以圖或表為主軸撰寫研究結果。

4. 如果是模型驗證的研究，在研究結果中會呈現各種嘗試模型的考驗狀態，在進行詳細的分析解說後得出最終採納的研究結果，以回答研究問題。

貳、功夫修練

研究結果的撰寫應注意幾個原則，學習者可以從表 31 思考其中的撰寫技巧。

表 31　結果撰寫檢核

元素	內涵	技巧 / 修正
1. 結果撰寫	○ 有邏輯 ○ 思路不跳躍 ○ 不多加個人主觀解釋 □ 重複描述 □ 過度描述	1. 將概念一一挑出重整 2. 請教師批閱 3. 請師長、父母閱讀 4. 請同學、同儕閱讀
2. 呈現結果	○ 針對問題一一回應 ○ 說明極端值的存在與處理方法 ○ 有圖表則內文須說明敘述 ○ 質性研究結果清楚標示引語 □ 有研究問題沒有寫到 □ 結果內容未對應研究問題 □ 只有圖表沒有內文	1. 了解極端值對結果的影響程度 2. 引語以引號或不同字體區別 3. 用顏色將結果與問題區塊比對 4. 內文與圖表對應陳列

○為適當的呈現　　□為需要修正的部分

註記：有做好的打 ✓，做不到的 ✗。

第十三道功夫│功夫較量
—— **進行討論**

　　如果研究結果沒有相對應的討論，就會成爲研究者自說自話的主觀且冰冷的數字或文字。進行討論能呈現研究者的綜整與批判能力，讓研究結果的訊息更加完整，使研究更具科學素質。

壹、功夫祕笈

一、討論之方向

　　適當的討論具有一定的功能，其方向可包括如下：

1. 陳述研究結果與研究者預期或研究假設間的一致情形。

2. 引導讀者適切地解釋、推論和應用本研究結果。

3. 整合各種訊息，引導讀者以更寬廣的角度解讀研究結果。

4. 將自己的研究發現與別人的研究發現對照比較，增加讀者對研究結果相關知識的體認（Ranjit, 2014）；將研究發現置於知識體系之中，讓讀者可以再以他自己的科學素養去認識與解讀研究者的研究結果。

5. 對研究分析的結果進行延伸，研究情境之外可能的應用或啟發，或他人從本研究可能獲得的益處，將研究訊息更周延準確地傳遞予讀者。

6. 發現其他值得深入探究的議題。如果研究者討論的內容過少，

在撰寫完成後，可先擱置一段時間，再以讀者的身分去閱讀論文，嘗試予以批判，思考本研究的合理性等，提出疑問點進行討論。

7. 研究限制：討論本研究實施過程的優缺點，或原先擬定研究計畫時沒有設想到的狀況。

以上每一個方向都可以連結到下一個段落的「研究建議」。

三、討論之原則

研究討論應該注意的原則：

1. 針對研究結果：僅針對研究結果討論，捨棄與結果完全不相關的內容。

2. 避免過度推論：僅根據本研究資料做解釋討論，不呈現非本研究資料分析的訊息。

3. 推論或解釋須具邏輯性：避免對研究結果進行錯誤的邏輯推演。例如研究者將 A 結果連結到 B 論點，但其間的關係很遙遠或離題。

4. 簡潔清楚：同樣的問題概念可以歸納討論，避免一直重複。

5. 特例解釋與討論：對部分極端值或特例進行解釋與討論，切忌把特例當成通例做敘述。

四、討論之呈現架構

結果討論的呈現可有各種面向，涵蓋研究過程及研究結果的總結，其架構可以包括如下：

1. 回應結果：依據重要研究結果一一討論回應。並以結果的整體現象進行討論。

2. 針對研究過程討論：例如取樣過程、研究樣本或研究對象進行

檢討與討論。

3. 以變項為架構：以自變項或依變項為架構，針對變項狀態、意
義與相關的訊息綜整討論。

貳、功夫修練

學習者可以從表 32 思考檢核研究討論的撰寫技巧。

表 32　研究討論撰寫檢核

元素	內涵	技巧／修正
1. 討論原則	○ 有邏輯 ○ 思路不跳躍 □ 討論內容太表面 □ 重複描述 □ 過度推論 □ 把特例當作通例 □ 對研究結果進行不當的邏輯推演	1. 列出各段落概念後再調整架構 2. 不過度推論 3. 只寫研究結果內的狀態 4. 再發現多於數字或文字表面的訊息 5. 請他人批閱
2. 討論內容	○ 討論結果的整體現象 ○ 與相似研究比對討論 ○ 討論本研究可能的延伸方向 ○ 討論與檢討研究過程 □ 有研究問題沒有討論到 □ 討論與研究結果不相關 □ 未引用文獻佐證 □ 討論不夠充分	1. 結果具體呈現後列出想法 2. 請教師批閱 3. 請同學、同儕閱讀 4. 用顏色將討論與結果區塊比對 5. 以文獻佐證 6. 把論文視為他人的，以讀者視角予以解讀並批判

○為適當的呈現　　□為需要修正的部分

註記：有做好的打 ✓，做不到的 ✗。

第五武林

武林功夫見真章

結論與建議

　　研究結論與建議是研究收尾的工作，精彩堅實的結論就是研究的結晶，代表整份研究的價值。

第十四道功夫 ｜ 功夫結晶
──結論表述

結論是簡要說明整份研究最精華、創新或重要的成果，完整的結論可以提供讀者清晰、快速的整體論文概念。

壹、功夫祕笈

如果研究者對自己的研究結果具備清晰完整的脈絡認知，則此段落十分容易撰寫。

一、結論之撰寫原則

1. 對於本研究目的及每一個問題簡潔清楚地描述。
2. 不須再呈現數據或結果中的細節。
3. 試著使讀者更有效率地取得整篇研究結果的訊息，例如將研究結果綜合整理後製成表格。
4. 可說是摘要的擴充，但重點放在研究結果的綜合描述，若需要說明研究目的與方法，則幾句話帶過即可。

二、結論的撰寫架構

結論是整篇論文最短的一節或段落，其架構可以如下：
1. 可以分為自變項或依變項為架構，將相關訊息整理條列呈現。
2. 可以將結果綜整後以圖表為主軸呈現。

3. 若為模型驗證研究，則可以呈現最終結論的清楚模型圖，並說明重點。

貳、功夫修練

研究結論的撰寫有幾個技巧，研究者可以從表 33 進行檢核。

表 33　結論撰寫檢核

元素	內涵	技巧／修正
1. 結論撰寫原則	○引導讀者了解本研究結果的重點 □呈現太多研究數據 □描述過於細瑣 □與研究結果無關	若有數據，思考去掉後讀者是否了解研究結果的意思
2. 結論的內容	○清楚的研究結果輪廓 ○對研究結果的綜合描述 □有研究問題沒有回應到	1. 結果具體呈現後予以概述 2. 簡答本研究問題 3. 用顏色將結論與研究問題區塊比對

○為適當的呈現　　□為需要修正的部分

註記：有做好的打 ✓，做不到的 ✕。

第十五道功夫│貢獻武林
── 研究建議

研究建議是一篇論文貢獻所在，將代表本篇研究的價值。

壹、功夫祕笈

完成研究後，研究者應該從較高的視野思考本研究有哪些訊息可以供他人參考，完成研究建議。

一、研究建議的撰寫原則

研究建議的撰寫有幾個原則應注意：

1. 針對研究結果：若只有研究結果卻沒有任何研究建議，則意味著做這個研究是沒意義的。
2. 具體可行的建議，不是在談理想。
3. 是有意義、有建設性的，避免高談闊論。

二、研究建議的架構

建議的撰寫可分為對實務的建議和對未來研究的建議：

(一) 對實務的建議

大部分研究的最終功能是為了改善人類生活，即使研究對象不是與人有關的情境事務，而是針對現象的探討求得真理，目的也是為了

能準確把握生活中的相關訊息，因此研究應能提出實務上的建議，尤其社會科學研究特別強調實務的建議。其技巧如下：

1. 針對研究結果提出實務應用建議，可能是生活上的事務，或是工作、學習等面向的事務。

2. 實務的建議越具體越好。

3. 避免陳腔濫調，講太多已流傳的道理或已為大家所知曉的論述，等於不用做研究也可以知道要遵循的事，會使研究成為「講廢話」的空泛言論。

（二）對未來研究的建議

對未來研究的建議有二個方向：

1. 本研究的延伸：更換或擴大研究對象或研究場域，以便研究結果能應用得更廣，藉以佐證本研究的外在效度（見第七道功夫）。

2. 研究限制：本研究的不足之處，對於研究限制提出改善建議，可以提供後續研究者參考，設計出更適當的研究路線，避免其走錯了方向。

貳、功夫修練

研究建議的撰寫可粗略分為實務建議與未來研究建議，可以表34 進行檢核，並從表 35 覺察如何適當地敘述研究建議。

表 34　**建議撰寫檢核**

元素	內涵	技巧／修正
1. 建議原則	○ 有意義 □ 超過研究結果的建議 □ 部分研究結果沒有建議	1. 用顏色將建議與結果區塊比對 2. 避免陳腔濫調 3. 從研究問題思考是否尚有可建議處 4. 回顧研究動機，思考研究可以回答的問題後建議
2. 實務建議方向	○ 有意義 ○ 具體的策略或措施 ○ 根據研究結果 □ 建議內容為理論已知的 □ 超過研究結果	1. 寫研究結果的訊息 2. 去除不做研究也知道的建議概念或論述 3. 敘述公式：「本研究發現……，建議在……」 4. 請他人閱讀建議的內容提出他學到了什麼
3. 未來研究建議	○ 本研究的延伸 ○ 研究對象的變化 ○ 研究場域的變化 ○ 本研究限制的調整建議	1. 描述可進階繼續的相關研究 2. 描述不同變項、對象、情境等相似研究的建議 3. 描述本研究做得不足而可調整之建議

○為適當的呈現　□為需要修正的部分

註記：有做好的打 ✓，做不到的 ×。

表 35　研究建議之找碴練習

	不當敘述	修正	原因
1.	教師在教導兒童創造思維時應發揮重要作用	• 本研究建議在教導兒童創造思維時，教師等待兒童回應時間應至少 2.3 分鐘	• 不用做研究也知道是如此 • 沒建設性，陳腔濫調 • 不具體，看了還是不知如何做
2.	本研究發現網路沉迷學生花過少的時間在課業準備上，建議可以 Maslow 之自我實現目標引導學生減少使用網路時間	• 本研究發現每天分配學生需要 1.21 小時才能完成的資料查閱作業，可顯著減少學生浪費在無意義的網路時間。因此建議教師在編排學生作業時……	• 不夠具體 • 沒有建議 • 扯遠了
3.	本研究樣本來自新北市，對於其他縣市的運用應保守		• 廢話，去除 • 研究對象在新北市、在其他縣市或在美國應用當然都要保守

找碴程序：閱讀錯誤敘述欄後先嘗試從中修正，再參看作者的修正及原因說明。

第六武林

公諸於世

論文綜整與發表

　　此道功夫在練就撰寫論文主題外的必備功夫，包括三部分，第一部分是撰寫摘要和附錄；第二部分是整理零碎概念以整體的樣貌呈現，幫助學習者化零為整地再整理自己已學得的寫作功夫；第三部分是練就發表和參加競賽的功夫。

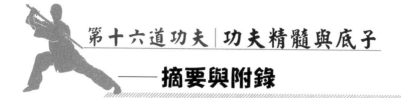

第十六道功夫｜功夫精髓與底子
── 摘要與附錄

摘要是學術論文中最常見的部分，摘要段落常會緊跟著關鍵字，都是用以代表整篇研究的核心。而附錄則告訴讀者你功夫修練背後的嚴謹行動。這兩部分是除了論文主體以外也需要關注的功夫。

壹、功夫祕笈

一、摘要

摘要是對整篇論文的簡要概述，常見於以下幾種情況：一是論文的開頭，通常是文獻資料庫中一定會呈現的篇幅，主要引導查閱者從摘要去評斷該篇論文是否爲搜尋中的目標論文；二是投稿研討會發表，通常研討會審查論文時只會從摘要（而非整篇論文）審核該論文是否與研討會的主題一致，決定是否有研討會發表分享的資格；三是有的論文篇幅較短，則不會要求在內文中另立一節呈現摘要，但常會在投稿程序中呈現，作爲邀請審查者時的附件資料，讓受邀請的審查者評估是否接受審查任務。

無論以何種方式呈現摘要，其內容都應簡要概括各章節或段落，但其呈現重點應依規定字數限制適當分配。表 36 呈現不同論文或摘要長度內各段重點篇幅的建議。另外，在國際化的今天，大部分中文期刊會要求同時呈現英文摘要，即 Abstract。

─── 上乘功夫 ───

英文論文

　　一篇英文敘述的論文通常包括 Introduction、Literature Review、Research Methods、Analysis and Results、Conclusion and Suggestions，以及最後的 References。Abstract 與中文摘要的内容差不多，篇幅有限時不須寫 Literature Review，以 Introduction 及 Results 為主，其他内容則均簡述即可。

表 36　摘要架構與内容檢核

論文長短	摘要内容	5,000 字的論文 / 300 字為上限的摘要	一萬字的論文 / 500 字為上限的摘要	一整本論文或報告
形式		不分段落	不分段落	可分段落
研究動機	○最關鍵的動機	0-1 句	1-2 句	2-3 句
研究目的	○簡潔清楚具體 ○探討對象	1 句	1-2 句	每項均列
研究方法	○取樣 ○工具 ○歷時（彈性）	2-3 句	2-3 句	每項均簡要呈列
研究結果	○簡單明確分點呈現：(1)、(2) 等	依分點寫數句	依分點寫數句	分小段呈列
研究建議	○大方向	0-1 句	1 句	分點呈列

二、關鍵字

　　許多論文的摘要後面會緊跟著關鍵字，以方便查閱者確認這篇文章是否是自己的目標資料，以及供資料管理者方便將文章分門歸類。例如一場大型研討會可以根據研究者所提供的關鍵字分類發表次領域，以規劃場次的主題。而英文 Abstract 也常緊跟著 Keywords，通常是與中文關鍵字對應的英譯詞。在排序上則依 APA 的格式，英文 Abstract 的 Keywords 依其字母序排列，中文關鍵字則可依筆畫數序安排。

　　關鍵字的數量取決於期刊或主辦單位的規定，通常在 3 至 5 個字之間。作者可以從題目中定出關鍵字，可能包括主題、對象，或變項，也可以從名詞解釋去訂定。但有些期刊要求關鍵字不能出現在題目中，因為資料檢索時也涵蓋題目，若關鍵字已出現在題目中，它的功能就變成多餘的。另外，關鍵字應以意義明確且最短字數的詞來呈現，例如「學習障礙」會比「學習障礙學生」更適合，因為查詢者查詢目標在「學習障礙兒童」時，他可能會輸入「學習障礙」而非「學習障礙學生」，如果在精準查詢（而非「模糊查詢」）的系統中，「學習障礙」關鍵字的文章會被查到，而「學習障礙學生」關鍵字的文章就不會出現在檢索結果中。

三、附錄

　　附錄是論文的補充資料，呈現的時機有二種：一是為了行文的流暢度，會將論文中較特別的段落或較長的篇幅以附錄呈現；二是作為論文內敘事的補充資料，內文可能一兩句話帶過，附錄可清楚交待研究的材料，常見的例如研究工具的全貌、專家審查的意見與處理、參與者知情同意書、研究工具使用授權書等等。附錄位於論文主體之

後，即在參考書目之後。因爲附錄非論文的本體，在篇幅較有限的論文中，通常不會呈現。

貳、功夫修練

請學習者嘗試以表 37 進行摘要段落的撰寫練習。

表 37　作業：寫摘要段落

摘要項目	內容	摘要段落
1. 研究動機		本研究主要目的在 　　　　　　　　　 ，希望
2. 研究目的		。本研究抽取 　　　　　 樣本，以 　　　　　　 為工具，歷時 　　　　　　　　 進行
3. 研究方法		。研究結果發現：(1)
4. 研究結果		(2) 　　　　　　　　　(3) 　　　　　　。本研究最後建議未來在 　　　　　　　　　　　　 。
5. 研究建議		

作業程序：以 500 字限制的論文摘要為例，先條列你的研究摘要項目，然後組成一段文章，可參考右欄敘述成為摘要段落。

第十七道功夫│有模有樣真功夫
——**論文綜整**

經過前面所提到各武林的洗禮，最後在此對這項漫長的研究工作進行複習以及綜合整理。

壹、功夫祕笈

一、論文架構

一篇論文的主體篇幅大概可以包括從緒論到參考文獻六個部分。此外，論文的前面通常還有一段摘要。若有足夠的篇幅，則可建立附錄作為論文的補充資料。如表 38。

表 38　論文架構

主體	第一層主軸／標題	第二層主軸／標題	內涵
主體前	摘要		對整篇論文各部分做最精簡描述
內文主體	壹、前言／緒論	一、研究動機	進行這個研究的源起、意義、經驗等
		二、研究目的	完成本研究後會獲得什麼訊息
		三、名詞解釋	描繪本研究重要專有名詞的特別定義

主體	第一層主軸／標題	第二層主軸／標題	內涵
	貳、文獻探討	一、文獻探討	對前言中的動機、背景和設計做更詳細的論述，並且引註文獻以「言之有理」
	參、研究方法	一、研究方法	設計何種研究型態、用什麼工具、流程、資料分析等，以探討要回答的問題
	肆、結果與討論	一、研究結果	針對研究問題一一回應，呈現分析結果。可搭配使用圖表呈現
		二、結果討論	對研究結果以文獻佐證進行討論；檢視意外出現在研究過程中會影響研究結果的狀態
	伍、結論與建議	一、結論	多於摘要的總結概述、特別針對研究結果的綜合論述
		二、研究建議	對於實務現場的運用建議及未來類似研究的建議
	陸、參考文獻		將論文中有引註的文獻一一列出，並遵循引註的格式規範
主體後	附錄		較特別的段落或較長的篇幅置於論文之後成為附錄

貳、功夫修練

請學習者以表39找碴練習對論文的樣貌做寫作技巧的重點回顧。

表 39　論文樣貌之找碴練習

段落	前提	不當敘述／問題	修正	說明
1. 題目		學生髮型之差異性探究——以新北市高中學生為例	新北市高中生髮型決定因素之探究	不以研究對象為例的題目；變項過廣可再聚焦
2. 緒論		學習障礙青少年面臨憂鬱危機，除了因認知殘缺導致其面臨學業的挫敗，更將影響其自尊和自我概念的發展，最終導致其心理社會功能有所缺陷，困頓於生命發展的危機之中	學習障礙青少年因認知限制容易導致學習挫敗，也可能影響其自我概念的發展	用詞過於強烈且武斷；具歧視字詞；用詞重複，可精簡
3. 名詞解釋	〔題目〕職場同事爭執時同理心行為之關聯因素探究	同理心：是想像自己站在對方立場，而了解對方的感受與看法（張明彧，2015）	同理心：是想像自己站在對方立場，而了解對方的感受與看法（張明彧，2015）。本研究以自編之「職場同理心行為調查問卷」了解職場同事間出現爭執時之同理心行為表現，該問卷含職場中表現同理之三個面向的行為，包括……，為五點量表，分數越高表示越能呈現同理心的程度	只做文獻探討則置於文獻探討一節或段落即可，不須呈現在名詞解釋中；否則應含操作型定義，可說明本研究中對同理心行為量測之使用工具與其意義

段落	前提	不當敘述／問題	修正	說明
4. 文獻探討	2023 年撰寫的論文	林志玲（1995）指出因為《身心障礙者十二年就學安置》的政策，使得這幾年身心障礙者進入高中職就學的人數增加許多	林志玲（1995）指出因為《身心障礙者十二年就學安置》的政策，使得 1997 年至 2000 年內臺灣身心障礙者進入高中職學習的人數從……成長至……	未具體說明哪幾年的人數成長；對 1995 年的「這幾年」一詞，在寫作年已不適用
	文獻中某段落撰寫的樣貌	少年司法機構必須認知到專業人員培訓的需求，以對於少年虞犯進行適當的評估和處置（Sutton et al., 2012）。性別平等教育應該加強發展適當的人際界線、恰當的示好和約會行為等等（Koller, 2000）。必須持續教導性知識、示範溝通期望行為以及社交技巧（Price et al., 2003）	Sutton 等人（2012）主張少年司法機構必須認知到專業人員培訓的需求，以對於少年虞犯進行適當的評估和處置。顯示除了學校以外，司法機構人員也應有適當的教育專業知能。而根據 Koller（2000）的建議性別平等教育應該加強發展適當的人際界線、恰當的示好和約會行為等等。在相關課程中必須持續教導性知識、示範溝通期望行為以及社交技巧（Price et al., 2003）。在設計少年虞犯輔導專業人員的課程培訓方案時，應該能夠運用這些課程重點，故本研究……	應加入研究者個人的整理觀點；文獻敘述應引導到本研究的目的或設計等任務

段落	前提	不當敘述／問題	修正	說明
5. 研究樣本	以臺北市社會住宅居民為研究對象	本研究抽取 303 位臺北市民進行調查	本研究抽取 303 位現居住於臺北市社會住宅之民眾進行調查	明確描述納入研究樣本條件
6. 研究工具	〔**質性研究**〕	本研究以自編之「社會住宅興建觀點之訪談指南」為調查研究工具	本研究以自編之「社會住宅興建觀點之訪談指南」為訪談工具	質性研究非以調查進行
7. 資料分析	〔**方法**〕對嘉義市國小學生進行休閒活動時間的普查	以 t 考驗了解嘉義市國小學生不同性別間從事休閒活動時間長短的差異	以平均數及標準差了解不同性別間從事休閒活動時間長短的差異	普查不須推論，應使用描述性統計
8. 結果討論	〔**結果**〕學齡前兒童親子互動的頻率因其手足的數量不同而有顯著差異	手足 3 位以上的學齡前兒童在親子互動的頻率低，未來也將影響其進入小學後的人際互動技巧	本研究發現有 3 位以上手足的學齡前兒童在親子互動的頻率低，未來在學齡前教育階段親職教育的安排可引導較多子女的家長覺察與其子女的互動情形	過度推論至其他情境，未來在其他面向的影響程度有待探討；與本研究連結
9. 研究限制	〔**題目**〕雙北市雙薪家庭父母對其子女生涯教育之認識與期望	本研究只針對雙北市雙薪家庭父母進行調查，若要推論至非雙薪家庭之父母應謹慎考量		只針對 A 群父母探討，本來就不適於運用於其他家庭。此敘述多餘，應刪除。但仍可在研究建議段落中對未來其他研究提出建議

段落	前提	不當敘述／問題	修正	說明
10.研究建議		未來應更強化年長者社區活動的品質	本研究發現有志工陪伴使長者在社區活動時間增加 40% 的人際互動，故建議未來在設計相關活動時可多安排志工陪同	具體寫出應強化品質之面向，且應針對本研究之發現

找碴程序：閱讀前提及錯誤敘述欄後先嘗試從中修正，再參看作者的修正及原因說明。

第十八道功夫｜武林爭霸
── 發表與競賽

　　將辛苦的研究成果公諸於世，使其永為流傳，是研究的貢獻。將自主學習成果轉化為論文發表，也可以成為未來申請大學入學或進修研究所申請時的加分項目。這不僅能展示自我的學術能力和成就，且有助於獲得更高的學術評價。

壹、功夫祕笈

　　各領域的寫作都有各自特殊的風格和期待，例如語文領域、藝術領域、自然科學領域、人文社會科學領域等等，不同領域間的論文樣貌差異不小。研究者應多研讀自己研究領域內的發表論文，可從中尋找研究靈感，也可以養成更成熟的研究能力與寫作技巧，邁向公開發表之路。

一、校內外研討會發表

　　許多研究領域均有大小形式的研討會，小自校內論文分享，大到國際研討會，形式有口頭發表（oral presentation）、海報發表（poster presentation）等等。研討會通常會出版研討會手冊，裡面會呈現發表者的論文摘要，有的則會印刷全文論文。若是全文論文，則已算公開發表之著作，未來不可再投至期刊發表，否則會有一稿二投的違反學術倫理行為。

二、期刊發表

通常期刊會邀請專家審查論文，確認論文的品質才予以刊登，因此其學術價值較高，也由於每本正式出刊的期刊刊物具有「國際標準期刊號」（International Standard Serial Number，簡稱 ISSN），其資料將保持長久，此乃有別於研討會論文。將研究結果發表於期刊，可謂正式成為學術社群的一員，越多人關注查閱及引用的論文代表這個研究越有價值。

三、小論文投稿

教育部國民及學前教育署舉辦「全國高中小論文寫作比賽」，以因應 108 課綱對中學生自主學習的教育目標，啟蒙學生的科學學術歷程，培育學生科學探究的知能與行動風氣。比賽分為 21 個學群，每年在三月及十月收稿，由各校推薦參賽，比賽結果分成特優、優等、甲等三個等第。每梯次競賽得獎作品均刊登於「中學生網站」中，有興趣者可進入閱讀參考。表 40 是近年「中學生小論文」各類別獲特優作品的範例。

《全國高級中等學校小論文寫作比賽格式說明暨評審要點》（2023）明列參賽的小論文規範，此處只列簡單幾點，學習者可進入網站了解更多發表及參賽訊息：

1. 篇幅：A4 紙張 4 至 10 頁。
2. 版面：規定字體字型、版面編排、頁首及頁尾。
3. 格式說明：包括封面頁、前言、正文、結論，以及引註資料與格式。
4. 評審要點：評分重點、各項具體給分指標、抄襲定義，以及總分。

表 40　近年「中學生小論文」各類別獲特優作品

	類別	年	論文名	分區	研究者	學校
1.	工程技術	110	古蹟保存與再利用之研究	臺南	王建豪 顏子誠 張筠婕	國立南大附中
2.	化學	110	防曬乳的 PA 係數對於防曬效果之差異探討	嘉義	陳昱伶	國立嘉義女中
3.	文學	111	從《福爾摩斯》分析偵探的定位及其對推理小說的影響	新竹	陳昱馨	國立新竹女中
4.	史地	111	鴨母坑張再生先生家族史研究	苗栗	張嘉芯 陳姵璇	國立苗栗高中
5.	生物	110	竹兜嘛荖——綠竹筍褐化及其延緩方式之探討	屏東	曾翊祐	私立美和高中
6.	地球科學	110	海水曬鹽——海水蒸發礦物結晶的分離技術	臺南	吳濟羽 楊柔葳 劉珮涵	國立家齊高中
7.	法政	111	仇恨犯罪與性少數恐慌辯護之探討——以 Matthew Shepard 案為例	高二	林幸潔 侯相羽	國立鳳山高中
8.	物理	110	利用 Tracker 探討力矩平衡找重心方法之運動狀態	彰化	陳宥嘉 陳澤閎 薛裕橙	縣立二林高中
9.	英文寫作	111	Productivity of Different Tonal Overwriting in Taiwan Mandarin Cute Talk Reduplication	新北	陳立信	康橋國際學校

	類別	年	論文名[a]	分區	研究者	學校
10.	家事	111	「玩」出科學來——探討童玩中的科學原理	彰化	吳亦欣 楊蕎瑜 陳嘉苡	國立員林家商
11.	海事水產	110	比較不同海藻對白蝦養殖之水質淨化效果實驗	基隆	黃柏瑋 王晨耀	國立海大附中
12.	健康與護理	111	糖尿病患者的飲食對運動後血糖造成的影響	桃園	曾詠淩	市立大溪高中
13.	商業	110	喚起忍迷的熱血——火影忍者周邊商品之行銷策略	高二	施伯勳 林禹丞 陳睿騰	國立鳳山商工
14.	國防	110	線上的戰火——論假新聞對兩岸資訊戰產生的政治關係與影響	新竹	徐若菱	國立新竹女中
15.	教育	112	探討高中生對於同步遠距教學之看法	高雄	陳瑀晞 李庭安 李堉蕙	國立中山附中
16.	資訊	110	感官刺激誘發腦波專注狀態於電器控制之應用	臺南	劉紜妤 陳修岳 林哲語	私立慈濟高中
17.	農業	110	「籽」「味」無窮——創新木瓜籽味噌開發之研究	臺北	賴沛芸 鄭心瑗	市立松山工農
18.	數學	109	格子點連線段長度種類數的探討	臺北	陳威仲	臺北市立建國高級中學
19.	藝術	109	建築 DNA ——歐洲四大建築風格剖析	桃園	盧育廷	桃園高中
20.	體育	111	中職、日職和大聯盟制度的比較	新竹	黃冠宸 蔣世勳	私立光復高中

	類別	年	論文名	分區	研究者	學校
21.	觀光餐旅	111	洄瀾定定仔走——以「好客」故事地圖規劃地方創生微旅行之實作初探	花蓮	何詠綸蔡慧美鄭雨沛	國立花蓮高商

[a]高中生小論文名稱中有許多俏皮的副標題，在更正式的學術論文中是不會呈現的。

節錄自教育部學前及國民教育署（2023）。共 21 類，本表每一類列出一件特優作品供參考。

四、科展報告

　　《臺灣國際科學展覽會實施要點》（2022）條列定期辦理科學展覽會，以培養中等以下學校學生科學研究興趣，提高科學教育水準，要點中將中小學科展分 13 個類科（見第二道功夫），依國小組、國中組、高級中等學校組進行展覽競賽，獎項分為一等獎、二等獎、三等獎、四等獎及特別獎，得獎作品的說明書均公開於國立臺灣科學教育館科展資訊管理系統。

　　科展報告之架構和一般的論文類似，投稿作品說明書訂定了參賽學生撰寫之規範，主要內容有幾項：600 字以內摘要、前言、研究設備及器材、研究過程或方法、研究結果、討論、結論及參考文獻資料，總頁數以 30 頁為限。

貳、功夫修練

請學習者以表 41 檢視自己在投稿工作需要做的準備。

表 41　發表準備檢核

程序	內涵	技巧／修正
1. 投稿前檢核	○ 完成論文 ○ 論文品質確認 ○ 論文的每一部分均符合學術形式與規範	1. 自我檢視 2. 請教師指導 3. 細讀本書
2. 尋找投稿標的	○ 主題符合 ○ 形式符合（字數、頁數、字體等）	1. 網路搜尋 2. 參考同一期刊已發表之文章 3. 請教師指引
3. 閱讀稿約	○ 一一核對調整	符合稿約規範要求
4.〔審查後〕修稿	○ 依審查結果修稿 ○ 審查意見回覆說明表	1. 依審查意見修正 2. 請專業人員協助修飾英文摘要 3. 列表格說明修正狀況 4. 若稿件未被接受，可依審查意見修正後再嘗試其他發表機會
5. 出版	○ 簽署授權切結書 ○ 編輯排版後校搞	若投稿後被接受，則文章屬於「出版中」

參考書目

全國高級中等學校小論文寫作比賽格式說明暨評審要點（2023 年 1 月 20 日）。
　　https://www.shs.edu.tw/lib/pdfjs/web/viewer.html?file=blob%3Ahttps%3A%2F
　　%2Fwww.shs.edu.tw%2Ff7541a6b-dec9-49ba-b8e9-28c15b80e561

吳明隆、涂金堂（2011）：**SPSS 與統計應用分析**。五南。

林雍智（2021）：**教育學門論文寫作格式指引：APA 格式第七版之應用**。心理。

國家科學及技術委員會對研究人員學術倫理規範（2022 年 7 月 28 日）。

國家教育研究院研究人員學術倫理案件處理要點（2022 年 11 月 16 日）。

張偉豪（2011）：**SEM 論文不求人**。三星統計。

黃文璋（2006）：統計裡的信賴。**數學傳播，30**(4)，48-61。

教育部（2018）：十二年國民基本教育課程綱要國民中小學暨普通型高級中等學校－自然科學領域。教育部。

教育部（2019）：十二年國民基本教育課程綱要議題融入說明手冊。教育部。

教育部國民及學前教育署（2023 年 1 月 22 日）：**111 學年度全國高級中等學校小論文寫作比賽實施計畫**。https://www.shs.edu.tw/lib/pdfjs/web/viewer.html?file=blob%3Ahttps%3A%2F%2Fwww.shs.edu.tw%2Fed9aadc7-fe48-425a-a84e-211b6effa877

陳麗如（2020）：**發展自閉症者認知固著行為處理方案──認知固著行為基模再建構之策略探究**。中華民國科技部 2020 年研究計畫（編號：MOST 109-2410-H-182 -010 -SS2）。

陳麗如（2022）：**自閉症類群青少年學生觸法行為歷程與處理方案探究**。國家科學及技術委員會 2022 年研究計畫（編號：MOST 111-2410-H-182 -017 -SS3）。

臺灣國際科學展覽會實施要點（2022 年 11 月 5 日）。

蕭瑞麟（2020）：**不用數字的研究：質性研究的思辨脈絡（五版）**。五南。

Ranjit, K.（2014）：**研究方法：步驟化學習指南**（潘中道、胡龍騰和蘇文賢譯）。學富文化。（原著出版於 2005）

Acar, T. (2019). Determination of sample size and observation units. *International*

Journal of Assessment Tools in Education, 6(5), 37-43. https://dx.doi.org/10.21449/ijate.591669

Hoofs, H., van de Schoot, R., Jansen, N. W. H., & Kant, I. J. (2018). Evaluating model fit in Bayesian Confirmatory Factor Analysis with large samples: Simulation study introducing the BRMSEA. *Educational and Psychological Measurement, 78*(4), 537-568.

Luh, W., & Guo, J. H. (2011). Developing the noncentrality parameter for calculating group sample sizes in Heterogeneous Analysis of Variance. *Journal of Experimental Education, 79*(1), 53-63.

Streefkerk, R. (2022, Dec. 5). *APA 7th edition: The most notable changes. Scribbr.* https://www.scribbr.com/apa-style/apa-seventh-edition-changes/

Sudman, S., & Bradburn, N. (1984). Improving mailed questionnaire design. *New Directions for Program Evaluation, 21*, 33-47.

Survey Monkey（2023 年 1 月 22 日）。樣本數量計算器。樣本數量計算器：了解樣本數量 | SurveyMonkey。

附錄一 「APA 第七版格式之找碴練習」

此附錄為第六道功夫「功夫修練」中的「找碴練習」。找碴練習程序：先自行做本附錄一，而後核對附錄二之正確格式，思考其中規則並整理重點，再參閱附錄三之說明。

> 下文為將投稿「期刊」稿件之部分，請以 APA 格式第七版為依規，將下文錯誤之處直接修改，不須看文章的邏輯或完整性，亦不須修改文法或修飾內文。……表示省略敘述或段落。本文約 80 個錯誤。

Special Education Transition Issues Over The Past Century: the trends for the future in taipei

ABSTRACT

Transition service couldn't be effective without team working. The purpose of this research is to find the outcomes of transition, and to develop an outcome-oriented transition service model. It was conducted by investigating 628 parents of the children with special needs.……

These findings indicated the implications for further studies and practices on transition services for the children with special needs.

Keywords: outcomes-oriented, children with special needs，transition,

···············

貳、文獻探討

一、轉銜與轉銜機制

依據美國 2004 年《障礙者教育法案》（以下簡稱 IDEA）的定義，轉銜服務是以需求為基準的一系列以成果為導向（outcome-oriented）的調整活動安排（陳大美，2011），是在身心障礙者轉銜階段時提供其相關服務措施，目的在增進身心障礙者順利轉銜（Hitchings 等人 , 2003；馬宛儀 , 民 110；特殊教育法施行細則，2020）。一九八〇年代美國聯邦政府強調轉銜的重要，以各種相關政策、機構合作模式、及研究發展推動全國性的轉銜服務，進行一系列的特殊教育服務方案，以引導障礙者順利轉銜（Holland, 2001, from Hitchings, et al. 2009）。顯然《障礙者教育法案》對轉銜的……

二、發展遲緩與早期療育

　　目前台北市針對身心障礙兒童的早期介入服務以機構間的整合為主，著重跨科技的服務，結合各種訓練的專業人員來滿足兒童的特殊需求（陳麗如 & 游婉玲，2006a；程欣儀、陳麗如和康琳茹，2023；Dunst 和 Bruder, 出版中；Holland & Chen, 2020）。Lillie, T. & Vakil 副教授（2002）以及陳麗如（譯）（2022）指出早期療育應該透過課程活動及與家庭的互動…………

………………………

肆、研究結果

一、特殊需求兒童轉銜困擾

　　本研究經由 *ANOVA* 考驗後發現不同性別特殊需求兒童在轉銜機制中生活困擾之差異如表 1。

困擾類別	變異來源	平方和	自由度	均方和	*F* 值	事後考驗
1. 情緒限制	組間	0.08	1	0.08	.02	-
	組內	239.95	623	0.39		
2. 溝通困擾	組間	0.42	1	0.42	.92	-
	組內	287.63	623	0.46		
3. 閱讀困難	組間	1.59	1	1.59	5.69*	男＞女
	組內	176.63	633	0.28		
4. 課堂限制	組間	2.66	1	2.66	5.96**	男＞女
	組內	279.31	626	.45		

表一　不同性別特殊需求兒童轉銜時生活困擾之 *F* 考驗

＊：p <.05，＊＊；p <.01

　1. 由表 1 得知，不同性別兒童在閱讀困難與課堂限制存在不同之生活困擾 [$F_{(1,633)}=5.69$, SE=176.63, *P*< .05; $F_{(1,626)}=5.96$, SE=279.31, *p*< .01)]，其他生活困擾則不因性別差異而不同。經事後考驗發現男童較女童有較高的困擾情形，屬課業問題。……

………………………

參考書目

Holland, m., & Chen, L. j.（2020）. Developmental Surveillance and Screening of Infants and Young Children. *Pediatrics, 108*(1), 192-196.

Dunst, C. J., & Bruder, Mary Beth (in press). *Valued outcomes of service coordination，early intervention, and natural environments*, 3th. Pro-Ed。

Hitchings, W. E., Luzzo, Retish, P., Tanners, A. (2001). The career development needs of college students with learning disabilities: In their own words. **Learning disabilities research and practice, 16**(1), 8-17. doi:

Holland, A. (2001). Career transition in the special education program. *Exceptional Children, 121,* 232-245.

Lillie,T.& Vakil,S.(2002).Transitions in early childhood for students with adhd: law and best practice. *Early Childhood Education Journal, 30(1),*53-58.

馬宛儀（2021）。**早期介入啟蒙方案**。特殊教育季刊，132，4-12。

陳大美（2011）：**特殊需求兒童轉銜政策之趨勢探究**。早期療育研究所碩士論文。

程欣儀、陳麗如和康琳茹（2023）：論早期療育轉銜機制。（網路資料）

特殊教育法施行細則（2020）。

陳麗如（譯）（2022）：早期療育。Bruce Lin（2018）：Early Intervention.。五南。

陳麗如和游婉玲（2006）：特殊教育論題與趨勢。臺北：心理。

註：本文旨在引導學習者做實作練習。因版權考量，以上文章非已出版之文章，且部分出處為作者編造。

附錄二 「APA 第七版格式之找碴練習」修正之參考答案

此附錄二乃為附錄一的參考答案，修改之處以底線劃記。有時候同一處會有多種寫法，學習者可以依論文的行文流暢性，自行再查閱變通的格式後決定其他寫法。此處的參考答案是依據 APA 的格式，中文建議的格式則參考林雍智（2021）。

Special Education Transition Issues <u>over</u> the Past Century: <u>The Trends</u> for the <u>Future in Taipei</u>

Abstract

<u>Transition</u> service couldn't be effective without team working. The purpose of this research is to find the outcomes of transition, and to develop an outcome-oriented transition service model. It was conducted by investigating 628 parents of the children with special needs.⋯⋯ <u>These</u> findings indicated the implications for further studies and practices on transition services for the children with special needs.

Keywords: <u>children with special needs, outcomes-oriented, transition</u>

⋯⋯⋯⋯⋯⋯
貳、文獻探討

一、轉銜與轉銜機制

依據美國 2004 年《障礙者教育法案》（<u>The Individuals with Disabilities Education Act</u>，以下簡稱 IDEA）的定義，轉銜服務是以需求為基準的一系列以成果為導向（outcome-oriented）的調整活動安排（陳大美，2011），是在身心障礙者轉銜階段時提供其相關服務措施，目的在增進身心障礙者順利轉銜（特殊教育法施行細則，2020；馬宛儀，<u>2021</u>；Hitchings et al., 2003）。一九八〇年代美國聯邦政府強調轉銜的重要，以各種相關政策、機構合作模式、及研究發展推動全國性的轉銜服務，進行一系列的特殊教育服務方案，以引導障礙者順利轉銜（Holland, 2001, <u>as cited in</u> Hitchings <u>et al.,</u> 2009）。顯然《IDEA》對轉銜的⋯⋯

二、發展遲緩與早期療育

目前<u>臺北市</u>針對身心障礙兒童的早期介入服務以機構間的整合為主，著重跨科技的服務，結合各種訓練的專業人員來滿足兒童的特殊需求（陳麗如和游婉玲，<u>2006</u>；程欣儀<u>等人</u>，2023；Dunst <u>&</u> Bruder, <u>in press</u>; Holland & Chen, 2020）。Lillie

---

和 Vakil（2002）以及 Lin（2022）指出早期療育應該透過課程活動及與家庭的互動……

············

肆、研究結果

一、特殊需求兒童轉銜困擾

本研究經由 ANOVA 考驗後發現不同性別特殊需求兒童在轉銜機制中生活困擾之差異如表 1。

1. 由表 1 得知，不同性別兒童在閱讀困難與課堂限制存在不同之生活困擾 $[F(1,633)=5.69, SE=176.63, p<.05; F(1,626)=5.96, SE=279.31, p< .01)]$），其他生活困擾則不因性別差異而不同。經事後考驗發現男童較女童有較高的困擾情形，屬課業問題。……

表 1

不同性別特殊需求兒童轉銜時生活困擾之 *F* 考驗

困擾類別	變異來源	平方和	自由度	均方和	*F* 值	事後考驗
1. 情緒限制	組間	0.08	1	0.08	0.02	
	組內	239.95	623	0.39		
2. 溝通困擾	組間	0.42	1	0.42	0.92	
	組內	287.63	623	0.46		
3. 閱讀困難	組間	1.59	1	1.59	5.69[*]	男＞女
	組內	176.63	633	0.28		
4. 課堂限制	組間	2.66	1	2.66	5.96[**]	男＞女
	組內	279.31	626	0.45		

* $p < .05$, ** $p < .01$.

············

參考書目

特殊教育法施行細則（2020 年 7 月 17 日）。

馬宛儀（2021）：早期介入啟蒙方案。**特殊教育季刊，132**，4-12。

陳大美（2011）：**特殊需求兒童轉銜政策之趨勢探究**〔未出版之碩士論文〕。長庚大學。

陳麗如和游婉玲（2006）：**特殊教育論題與趨勢**。心理。

程欣儀、陳麗如和康琳茹（2023 年 2 月 27 日）：**論早期療育轉銜機制**。http://www.cgu.edu.tw/chenliju.htm

Dunst, C. J., & Bruder, <u>M. B.</u> (in press). *Valued outcomes of service coordination, early intervention, and natural environments* (<u>3th ed.</u>). Pro-Ed.

Hitchings, W. E., Luzzo, <u>D. A.</u>, Retish, P., <u>&</u> Tanners, A. (2001). The career development needs of college students with learning disabilities: In their own words. *<u>Learning Disabilities Research and Practice, 16</u>*(1), 8-17.

Holland, <u>M.</u>, & Chen, L. <u>J.</u> (2020<u>)</u>. Developmental <u>surveillance</u> and <u>screening</u> of <u>infants</u> and <u>young children</u>. *Pediatrics, 108*(1), 192-196.

Lillie, <u>T.</u>, & Vakil, <u>S.</u> (2002). Transitions in early childhood for students with <u>ADHD</u>: <u>Law</u> and best practice. *Early Childhood Education Journal, 30*(<u>1</u>), <u>53</u>-58.

<u>Lin, B.</u> (2022). **早期療育** （陳麗如譯）。五南。（原著出版於 2018）

附錄三 「APA 第七版格式之找碴練習」修正之說明

此附錄三乃為附錄二參考答案之說明。並請學習者注意以下幾項：

1. 本作業以 APA-7 格式進行練習，在增加學習者對論文格式的敏銳度，無論未來學術任務要求的格式規範為何，學習者均可因應完成。
2. APA-7 格式有相當多的規則，本練習只以常見的部分做舉例說明。
3. 同一處可能有多種規格，學習者可再參考 APA Style 原文規範。
4. 許多期刊不一定完全採納 APA-7 之規範，投稿時仍須依期刊的稿約指引撰寫。
5. 中文的格式目前並未統一，原則上依你將投遞之期刊或出版機構的規範即可。若是學位論文或學校報告則依學校規範要求，若學校沒有明確的規範，則至少一篇論文內的格式必須統一。
6. [a] 錯誤處以底線標記

	錯誤敘述 [a]	修正	說明
英文題目與摘要	Special Education Transition Issues Over The Past Century: the trends for the future in taipei	**Special Education Transition Issues over the Past Century: The Trends for the Future in Taipei**	1. 英文篇名粗體 2. 英文篇名除冠詞、介系詞外，每字第一字母均大寫，除非該冠詞等出現於標題或副標題句首
	ABSTRACT	Abstract	3. 字首大寫其餘小寫
	Transition… These….	Transition… These..	4. 摘要段落靠左對齊 5. 摘要段落不分段
	Keywords:	*Keywords:*	6. Keywords 斜體 7. Keywords 細體
	outcomes-oriented, children with special needs，transition	children with special needs, outcomes-oriented, transition	8. 依首字母序排列詞序 9. 英文字間符號以半型

	錯誤敘述 [a]	修正	說明
內文第一段	《障礙者教育法案》（＿＿＿＿以下簡稱 IDEA）的定義…	《障礙者教育法案》（The Individuals with Disabilities Education Act，以下簡稱 IDEA）…	10. 第一次引用團體或機構列原文全稱
	（Hitchings 等人，2003；馬宛儀，民110；特殊教育法施行細則，2020）	（特殊教育法施行細則，2020；馬宛儀，2021；Hitchings et al., 2003）	11. 中文稿引用（ ）內同時有中文、英文文獻，則先列中文文獻 12. 多篇文章依第一作者之姓氏筆畫排序 13. 同一篇論文內中文出版年統一，可統一為西元年或民國年 14. 中文字間符號以全型 15. （ ）內英文著作引註不出現中文字樣，等人應為 et al.
	（Holland, 2001, from Hitchings, et al. 2009）	（Holland, 2001, as cited in Hitchings et al., 2009）	16. 引註二手資料格式錯誤 17. et al. 的格式錯誤
	顯然《障礙者教育法案》對	顯然《IDEA》對	18. 前文指出簡稱，則後續引用時列簡稱即可
內文第二段	台北市	臺北市	19. 學術文章應以繁體字
	（陳麗如 & 游婉玲，2006a；程欣儀、陳麗如和康琳茹，2023；Dunst 和 Bruder, 出版中；Holland & Chen, 2020）	（陳麗如和游婉玲，2006；程欣儀等人，2023；Dunst & Bruder, in press; Holland & Chen, 2020）	20. （ ）內二位共同作者間，中文用「、」或「和」、「與」。統一即可 21. 承上，英文用「&」 22. 引用同一位／同一群作者同年具 2 篇以上文章才需要在年後加 a、b…… 23. 三位以上作者第二位以後不列，只需要：中文以「等人」，英文以「et al.」呈現 24.「出版中」，英文以「in press」

	錯誤敘述 [a]	修正	說明
	Lillie, T. & Vakil 副教授（2002）指出	Lillie 和 Vakil（2002）指出	25. 中文稿行文內二位共同作者間中英文均使用「、」或「和」、「與」 26. 不列稱謂 27. 行文內英文作者僅列姓氏
	陳麗如（譯）（2022）	Lin（2022）	28. 翻譯文應引註原作者
結果—內文	肆、研究結果	肆、研究結果	29. 第一層標題置中且粗體
	ANOVA	ANOVA	30. 統計方法縮寫不須斜體
	F(1,633)=5.69, SE=176.63, P< .05)	F(1,633)=5.69, SE=176.63, p< .05)	31. 統計符號斜體（F, M, SE, p 等等） 32. P 小寫
	〔表 1 在內文前〕	〔內文在表 1 前〕	33. 相對應的內文在圖表前
結果—表格	〔F 值〕.02, .92 〔均方和〕.45	〔F 值〕0.02, 0.92 〔均方和〕0.45	34. 若數值的絕對值範圍大於 1，小於 1 之數字，小數點前要加 0；否則 0 可省略（如顯著性機率 p 值、相關係數 r 值）
	表一　不同性別特殊需求兒童轉銜時生活困擾之 *F* 考驗	表 1 **不同性別特殊需求兒童轉銜時生活困擾之 *F* 考驗**	35. 表名與表編號不同列 36. 表名粗體（英文表名則為斜體） 37. 編號：中文可為表一、表 1、表 1-1 均可，但同一篇文章內文敘述形式一致；英文可為 Table 1, Table 1-1 等
	〔表名位置在下〕	[表名置於表上]	38. 圖表名均置於圖表本體之上
	〔表寬〕過窄	〔表寬〕拉寬	39. 表寬與內文同寬
	〔縱線、部分橫線〕	〔線條數修正〕	40. 縱線去除，只留根標題及總計列之上下橫線
	〔數字未對齊〕	〔數字對齊〕	41. 各數值間小數點和個位數須對齊
	〔底線條粗〕	〔底線條細〕	42. 表格的最後底線不必加粗

	錯誤敘述 [a]	修正	說明
	*：p<.05，** ：p <.01	*p <.05, **p <.01.	43. p 斜體 44. * 為註記符號不須再加「：」 45. 英文字間符號以半型 46. 符號表列以「.」結束
參考書目—中文	〔順序錯誤〕	〔中文書目在前，英文書目在後〕	47. 因為是中文稿，所有中文書目應在英文書目前
	〔順序錯誤〕	〔依筆劃〕	48. 中文依筆劃多寡排序，先排第一作者之姓氏、第一個名字、第二個名字；而後第二作者之姓名。可利用文書軟體中排序功能排序
	馬宛儀（2021）。早期介入啟蒙方案。特殊教育季刊，132，4-12。	馬宛儀（2021）：早期介入啟蒙方案。特殊教育季刊，132，4-12。	49. 同篇文章內「作者（年）」後可為「：」或「。」但須一致 50. 作者（年）：篇名。期刊名，卷數（期數），頁數。中文書目之期刊名與卷數粗體或斜體均可，但須一致
	程欣儀、陳麗如和康琳茹（2023）：論早期療育轉銜機制。（網路資料）	程欣儀、陳麗如和康琳茹（2023 年 2 月 27 日）：論早期療育轉銜機制。http://www.cgu.edu.tw/chenliju.htm	51. 網路蒐集資料中文篇名以粗體或斜體（英文以斜體） 52. 註記查閱之日期 53. 註記網路來源 http
	特殊教育法施行細則（2020）。	特殊教育法施行細則（2020 年 7 月 17 日）。	54. 法律名稱（公布日期）；亦可加上 URL
	陳大美（2011）：特殊需求兒童轉銜政策之趨勢探究。早期療育研究所碩士論文。	陳大美（2011）：特殊需求兒童轉銜政策之趨勢探究〔未出版之碩士論文〕。長庚大學。	55. 未出版之學位論文應註記 56. 學位論文須註記學位授予機構

	錯誤敘述 [a]	修正	說明
	陳麗如和游婉玲（2006）：特殊教育論題與趨勢。臺北：心理。	陳麗如和游婉玲（2006）：**特殊教育論題與趨勢**。心理。	57. 書名粗體或斜體均可，但同一論文一致 58. 出版社地名去除
參考書目—英文	〔順序錯誤〕		59. 英文依字母排序，先排第一作者之姓之第一個字母、姓之第二個字母、第三個……而後排第二作者之姓名。可利用文書軟體中排序功能排序
	Dunst, C. J., & Bruder, Mary Beth (in press). *Valued outcomes of service coordination，early intervention, and natural environments*, 3th. Pro-Ed。	Dunst, C. J., & Bruder, M. B. (in press). *Valued outcomes of service coordination, early intervention, and natural environments* (3th ed.). Pro-Ed.	60. 英文作者之名以縮寫一字即可 61. 英文字間符號半型 62. 書籍版本格式錯誤 63. 中文句號不會出現在英文中，應為點句號
	Hitchings, W. E., Luzzo, Retish, P., Tanners, A. (2001). The career development needs of college students with learning disabilities: In their own words. **Learning disabilities research and practice, 16**(1), 8-17. doi:	Hitchings, W. E., Luzzo, D. A., Retish, P., & Tanners, A. (2001). The career development needs of college students with learning disabilities: In their own words. *Learning Disabilities Research and Practice, 16*(1), 8-17.	64. 作者應列姓＋名 65. 最後 2 位共同作者間有"&" 66. 期刊名稱除了介系詞與連接詞外，第一個字母大寫 67. Author & Author (year). 篇名. *期刊名, 卷數*（期數），頁數。英文期刊與卷數以斜體 68. 同上，期刊名細體 69. 若有 doi，可註記完整，否則不列
	Holland, A.(2001). Career transition in the special education program. *Exceptional Children, 121*, 232-245.	刪	70. 應刪除。因為此研究者閱讀的是 Hitchings 等人所著，不是閱讀 Holland, A.（2001）

143

	錯誤敘述 [a]	修正	說明
	Holland, <u>m</u>., & Chen, L. <u>j</u>. （2020） . Developmental <u>Surveillance</u> and <u>Screening</u> of <u>Infants</u> and <u>Young</u> <u>Children</u>. *Pediatrics, 108*(1), 192-196.	Holland, M., & Chen, L. J. (2020). Developmental surveillance and screening of infants and young children. *Pediatrics, 108*(1), 192-196.	71. 名字大寫 72. 英文字間符號半型 73. 文章名除第一個字及專有名詞外均使用小寫
	<u>Lillie,T.</u>& Vakil, <u>S.(2002).</u> Transitions in early childhood for students with <u>adhd:</u> <u>law</u> and best practice. *Early Childhood Education Journal, 30*(*1*),53-58.	Lillie, T., & Vakil, S. (2002). Transitions in early childhood for students with ADHD: Law and best practice. *Early Childhood Education Journal, 30*(1), 53-58.	74. 每個單字緊接標點符號後應先空格再接下一個字 75. 作者間 & 前應加「,」 76. 篇名之主標題及副標題第一個字大寫 77. 專有名詞大寫 78. 期數不以斜體
	陳 麗 如 （ 譯 ） （2022） ：**早期療育**。Bruce <u>Lin(2018):</u> <u>Early</u> <u>Intervention.</u>。五南。	Lin, B. (2022). **早期療育**（陳麗如譯）。五南。（原著出版於2018）	79. 翻譯文應引原文作者為首 80. 格式錯誤

中文名詞索引

英文名詞索引

V

國家圖書館出版品預行編目(CIP)資料

論文寫作新手的十八道功夫／陳麗如著. --
初版. -- 臺北市：五南圖書出版股份有限公
司, 2023.06
　　面；　公分

ISBN 978-626-366-082-3(平裝)

1.CST: 論文寫作法

811.4　　　　　　　　　112006518

1H3M

論文寫作新手的十八道功夫

作　　者 ― 陳麗如

發 行 人 ― 楊榮川

總 經 理 ― 楊士清

總 編 輯 ― 楊秀麗

副總編輯 ― 黃文瓊

責任編輯 ― 黃淑真、李敏華

封面設計 ― 陳亭瑋

出 版 者 ― 五南圖書出版股份有限公司

地　　址：106臺北市大安區和平東路二段339號4樓

電　　話：(02)2705-5066　　傳　　真：(02)2706-6100

網　　址：https://www.wunan.com.tw

電子郵件：wunan@wunan.com.tw

劃撥帳號：01068953

戶　　名：五南圖書出版股份有限公司

法律顧問　林勝安律師

出版日期　2023年6月初版一刷

定　　價　新臺幣300元

經典永恆・名著常在

五十週年的獻禮 —— 經典名著文庫

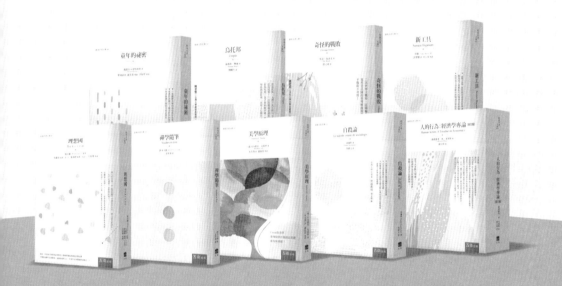

五南，五十年了，半個世紀，人生旅程的一大半，走過來了。

思索著，邁向百年的未來歷程，能為知識界、文化學術界作些什麼？

在速食文化的生態下，有什麼值得讓人雋永品味的？

歷代經典・當今名著，經過時間的洗禮，千錘百鍊，流傳至今，光芒耀人；

不僅使我們能領悟前人的智慧，同時也增深加廣我們思考的深度與視野。

我們決心投入巨資，有計畫的系統梳選，成立「經典名著文庫」，

希望收入古今中外思想性的、充滿睿智與獨見的經典、名著。

這是一項理想性的、永續性的巨大出版工程。

不在意讀者的眾寡，只考慮它的學術價值，力求完整展現先哲思想的軌跡；

為知識界開啟一片智慧之窗，營造一座百花綻放的世界文明公園，

任君遨遊、取菁吸蜜、嘉惠學子！